LA LITTÉRATURE FRANÇAISE

ANNIE ERNAUX

LE VRAI LIEU

1984BOOKS

진정한 장소

아니 에르노 & 미셸 포르트 지음 · 신유진 옮김

일러두기

- 주석은 모두 옮긴이주다.
- 본문에 나오는 « »는 프랑스어 원문을 따라 표기했다.
- 본문의 고딕체는 원서에서 이탤릭체로 표기된 부분이다.

LE VRAI LIEU

entretiens avec Michelle Porte

서문 • 7

파리, 나는 그곳에 절대 들어가지 않을 거예요 • 12

저는 항상 중간에 껴 있었어요 • 22

어머니는 불이에요 • 38

책은 신성한 물건이었습니다 • 56

저는 글을 쓰는 여자가 아니라

글을 쓰는 사람입니다 • 68

강바닥에 있는 돌을 꺼내기 • 82

핵심으로 • 96

글쓰기 그것은 하나의 상태예요 • 104

시간의 흐름 • 122

진정한 장소 • 132

옮긴이의 말

우리에게는 여전히 '왜'를 묻는 사람들이 필요하다 • 140

2008년, 버지니아 울프와 마르그리트 뒤라스를 다룬 훌륭한 다큐멘터리의 감독으로 알고 있던 미셸 포르트가 내가 어린 시절을 보낸 장소, 이브토와 루앙 그리고 현재 살고 있는 곳, 세르지에서 나를 촬영하고 싶다는 의사를 밝혀왔다. 나의 인생과 글, 그리고 이 둘의 관계에 대해 언급하는 것으로, 프로젝트가 마음에 들었고 즉시 수락했다. 나는 우리가 자란 혹은 사는 장소가 — 지리적, 사회적 — 글에 설명을 제공하지는 않지만, 많든 적든 글이 뿌리를 내리고 있는 현실의 배경이 되어준다는 것을 확신했다. 다큐멘터리 제작은 경제적인 문제로 — 흔한 일 — 지연되다가, 마침내 마리 제낭의 제작으로 2013년에 완성됐고 같은 해 France 3[i]에서 방영됐다.

2011년 1월, 세르지에 있는 내 집에서 미셸 포르트와 인터뷰 촬영이 시작됐다. 3일이 걸렸다. 처음에는 멀리 라데팡스 타워와 우아즈 그리고 레저 센터의 호수가 보이는 방에서 서서 진행하다가 뒤쪽에 있는, 줄지어 선 커다란 전나무 기둥에 일부가 가려진 정원이 보이는 북향의 서재에서 아마도 마지막까지 인터뷰가 이뤄졌던 것 같다. 평소 혼자 글을 쓰는 이 작은 공간에서 나는 미셸과 카메라 감독, 카롤린 샹페티에르와 마주 보고 앉았다 — 대신 이번에는 책상을 등졌다. 옆쪽에는 음향감독이 내 위로 붐마이크 대를 기울이고 있었다.

솔직히 말하면, 처음에는 비좁은 공간에서 가까이 마주 앉아 시선이 없는 카메라의 감시를 받는다는 것이 설명할 수 없는 폭력처럼 여겨졌다. 무슨 말을 할 수 있을지 알지 못하면서 말을 하라고 독촉을 받는, 일종

---

i 돌처럼 단단한 말, 작가 아니 에르노, 폴라무르 제작사.

의 폐쇄된 공간. 지금, 그 순간을 회상하면 두 개의 장면이 떠오른다. 『남자의 자리』의 초반에 묘사된, 세 명의 심사위원 앞에서 중등교원 자격증 시험을 보던 장면 그리고 처음으로 기억의 표면에서 공기 방울처럼 터진 또 하나의 장면 : 어둑어둑한 방, 광채가 나고 소리가 없는 커다란 검은 물체, 그 밑에 선천적인 탈구로 인해 깁스 안에 몸이 갇혀 있던, 기억하는 것이 불가능하기에 그저 테이블 위에 의식의 얼룩으로 남아 있는 15~20개월 사이의 나. 검은 물체는 엑스레이 촬영 기구다. (오해하지 말아야 한다. 다시 떠오른 이 장면들에 비교의 의미만을 뒀을 뿐, 결코 해석은 아니다.)

그러나 미셸의 매우 개방적인 질문으로 비교적 빠르게 초반의 불편함을 극복해 나갔다. 나는 망설이며 단어나 표현을 반복했고, 모든 불확실한 기색과 불안정한 언어로 오랫동안 말했는데, 첫 번째 인터뷰를 옮겨 적었을 때 찍혀 있었던 수없이 많은 말 줄임표가 그 증거이며, 그래서 쉽게 읽힐 수 있도록 《정리》해야 할 필요가 있었다. 돌아가는 카메라 때문에, 무엇인가를 분석하고 그것을 가장 적절한 구어적 표현으로 옮기는

데 필요한 내적 시간 없이 대답을 요구하는 일종의 긴급함 때문에, 정신적으로 지적으로 계속해서 압박감을 느꼈기 때문이다.

그러므로 읽게 될 발언들은 강요를 받았던 즉흥성의 흔적을 안고 있으며, 이 즉흥성은 방식이 다르고 조금 더 가볍기는 하나, 내가 글쓰기에서 많든 적든 기대하는 — 또한 방식은 다르지만 독서에서 기대하는 — 것과 유사한 위험에 빠트리는 형식으로 나타났다. 사실상 이것은 출판된 텍스트의 진실과는 다른 진실이며, 영상으로 담은 발언에서 나온, 글로 기록한 인터뷰의 진실이다. «어머니는 불이에요»라고 말하는 장면, «파리, 나는 절대 그곳에 들어가지 않을 거예요» 혹은 «나는 글을 쓰는 여자가 아니라, 글을 쓰는 사람입니다» 같은 응축된 표현 속에 마음 또는 무의식의 외침처럼 단도직입적으로, 감정적으로 나온 진실. 그러나 대부분의 경우 이 진실은 우회적인 표현이나, 정정, 조정을 통해 천천히 나아가 이미 말한 것과 이미 적은 것 그리고 새로운 이야기 속에서 스스로를 찾다가 언제나 빠져나가는 듯하다.

무엇보다 글에 관해서는 처음부터 끝까지 인터뷰의 가이드라인이 있었다. 내가 글을 쓰고자 하는 욕망의 탄생과 책에 대한 준비작업, 내가 글쓰기에 부여하는 사회적, 정치적, 신화적인 의미에 대해서 이렇게까지 이야기했던 적은 한 번도 없었던 것 같다. 내 인생에서 단 한 번도 글의 상상적, 실제적 공간의 주변을 이토록 배회했던 적은 없었다. 결국 최종적으로 — 어쩌면 12살에 부모님이 나에 대해 했던 말 «저 애는 늘 책만 파고 있어»에 대한 응답인 것일까 — 글쓰기는 «진정한 나만의 장소다»라는 결론을 내릴 수 있을 것이다. 그곳은 내가 자리한 모든 장소들 중에서 유일하게 비물질적인 장소이며, 어느 곳이라고 지정할 수 없지만, 나는 어쨌든 그곳에 그 모든 장소들이 담겨 있다는 것을 확신한다.

ANNIE ERNAUX

entretiens *avec Michelle Porte*

PARIS,
JE N'Y ENTRERAI JAMAIS

파리, 나는 그곳에 절대 들어가지 않을 거예요

M.P. : 아니 에르노, 당신은 여기, 세르지의 이 집에서 모든 책들을 집필하셨나요?

A.E. : 네. 제가 살았던 오트사부아에서 썼던 처음 두 권을 제외하고요. 저는 이 집 밖에서는 글을 절대 쓰지 못해요. 호텔방에서도, 어느 다른 거주지에서도. 이를 테면 이 집만이 저를 둘러싸면서 기억 속으로의 하강과 글 속으로의 침수를 허락했던 것이죠.

1977년, 행정기관에 막 발령이 났던 남편과 함께 이곳에 왔는데, 그 시절에는 «세르지퐁투아즈 신도시»라 불렸죠. 그러니까 우연이었어요. 그렇지만 처음 이 집을 봤을 때, 저는 이 집이 저를 기다렸다는 느낌을 받았죠. 어느 꿈에서 나왔었는지는 모르겠지만 이미 본 것 같은⋯ 1980년 초에 남편과 이혼을 한 후 이곳에 남았어요. 그리고 34년째 살고 있습니다. 다른 곳에서 사는 것은 상상할 수도 없어요.

이 집에서 무엇보다 좋아하는 것은 바로 공간이에요. 실내 공간과 실외 공간, 우아즈 계곡과 세르지뇌빌의 호수가 보이는 이 전망은 더 그렇죠. 풍경이 계속 달라지고, 호수의 빛은 한 번도 같은 적이 없어요. 빛이 파리까지 비추죠. 여기서 에펠탑이 보이거든요. 밤에는 에펠탑에 불이 켜진 것이 보여요. 어떤 때는 가깝게, 또 어떤 때는 멀게. 제가 파리에 대해 느끼는 감정에 잘 부합하는 것 같아요. 어쩌면 이 세계에서의 제 자리도 마찬가지고요. 사실 파리는 — 이렇게 말하는 게 이상해 보일 수 있겠지만 — 저는 절대 그곳에 들어가지는 않을 거예요…

그렇지만 어린 시절의 꿈, 사춘기 시절의 꿈은 파리에 가는 것이었죠. 상상해 보세요. 스무 살이 되어서야 파리에 갔으니까! 파리에서 약 100~150km 떨어진 노르망디에서 살았었는데! 우리는 여행을 하지 않았어요. 부모님은 휴가를 낸 적이 없었죠. 커다란 꿈, 파리, 지금은 최단 거리로 30km 떨어진 곳에 있지만 여전히 밖에 있죠. 이제는 파리에 들어 가고 싶은 마음이 없어요. 이 세르지의 신도시에 제 자리를 찾았다는 것과 다름없죠. 제가 편안함을 느끼는 자리요. 이곳에 왔을 때는 이렇게 오래 있을 것이라고 생각하지 못했어요 — 생각할 수조차 없는 일이라고 여겼죠. 저의 미래나 아이들의 미래 속에 이곳은 없었는데⋯ 결국 이 집, 저의 보호막을 갖게 된 거예요. 멀리 여행을 떠나면 때때로 비어 있는, 조금 버려진 듯한, 그러나 견고한 이 집을 생각해요.

이 집은 조용하죠. 주변 도로의 소음도 없고 대부분 새소리가 전부예요. 저는 바로 그것이, 제가 글을 쓰는 데 반드시 필요한 이곳의 고요함의 색이라고 생각해요. 그리고 이 안에서 사는 아름다움이고요.

저는 여전히 제 부모님에 의해 흙에서 자란 여자아이고, 집들 주변에 작은 정원들이 있는 지방의 여자아이이기도 하죠. 계절이 지나가는 것을 느끼는, 첫 갈란투스를, 첫 수선화를 보는 그 기쁨⋯ 이 집에 들어왔을 때 깊이 파묻혀져 있던 어떤 것, 오래된 흙과의 교감을 되찾은 듯한 느낌이었어요. 부모님 집처럼 딸기나무와 아주 오래된 까치밥나무 화단, 길게 늘어선 이베리스가 있었죠. 그것들은 부드럽고 감동적이에요. 이곳에 있으면 시간 가는 줄을 모르죠. 제 기억, 여자로서 저의 기억의 대부분이 이곳에 있어요.

처음에는 이 집이 아직 어렸던, 그리고 청소년이 됐던 두 아들로 활기가 넘쳤어요. 아이들의 친구들이 놀러 오고, 음악이 있고, 보드게임이 있었죠. 어머니가 자주 우리와 함께 지냈어요. 그리고 조금씩, 저를 둘러싼 이곳의 모든 것이 변했죠. 남편과 헤어졌고, 어머니가 알츠하이머에 걸리시면서 퐁투아즈 병원에 입원하시게 됐고요.

아이들은 공부를 하러 파리로 떠났고, 그들의 배우자와 함께 살게 됐죠. 제가 사랑했던 남자들이 이곳에 와서 다소 오랫동안 함께 지냈어요. 몇 년씩 살기도 했죠. 푸른 삼나무 아래에는 우리와 함께 이곳에 들어왔던 비글과 고양이가 묻혀 있어요. 검정 흰 고양이는 그후에 들어왔고 16년을 살았죠. 저는 동물이 필요해요. 그것은 흙을 사랑하는 일의 일부이죠. 그러나 동물들이 원하는 곳에서 자유롭게 뛰어놀기를 원해요. 이곳은 고양이들에게는 꿈의 장소예요. 행복한 고양이들과 함께 살 수 있는 곳이죠. 저는 현재 고양이 두 마리를 키우고 있는데, 그들은 마음대로, 자기들만의 비밀스러운 삶을 살아요.

집에 대해서 이야기하는 것은 어려워요. 집을 잃어
봐야, 집이 더 이상 당신의 것이 아니어서 더는 들어갈
수 없게 되어야 그것이 어떤 의미인지를 알게 되죠. 저
는 제가 살았던 집들을 다시 본다는 것에, 더는 그곳에
들어갈 수 없다는 것에 항상 고통을 느꼈어요. 어차피
모든 것이 바뀌었을 테니까 들어가 봐야 새 주인들만
원망하게 될 거라고 말하는 우울감도요. 매번 제가 살
았던 곳으로 돌아갈 때마다 실수라고 생각했죠. 추억
으로만 만족해야 해요. 거기에 진짜가 있으니까. 다른
곳에는 없죠. 저는 모두가 그것을 느낄 것이라고 생각
해요. 자신이 살았던 집을 다시 보는 것, 결국 골격밖에
남지 않은 것을 보는 일에는 특별한 절망의 모습이 있
어요. 그렇지만 고통은 벽을 잃은 데서 오지 않아요. 그
것도 어느 정도 있겠지만, 그곳에서 있었던 일, 경험했
던 것, 우리가 사랑했던 것, 그곳에 있던 사람들을 잃었
다는 데서 오죠.

1970년대 중반에 세르지는 세워지는 중이었고, 사방
에 건물들이 들어섰죠. 기중기로 채워진 거대한 공사

장이었으며, 그것이 저에게는 제가 청소년기를 보냈던, 중심가가 폐허가 됐던 전쟁 후 노르망디, 이브토 시를 연상시켰어요. 건물이 세워지는 그 도시 밑에, 마치 또 다른 도시, 1945년의 황폐화된 이브토가 있는 것 같았고, 그 두 도시가 겹쳐졌죠. 세르지에서 차를 타고 다니면, 어린 시절의 도시를 여행하는 기분이었어요. 혼란스러운 느낌이었죠. 어릴 때 전쟁의 폐허와 죽음에 대한 상상, 폭격 속에 죽는다는 가능성을 전달하는 그 황량한 풍경에 크게 상처를 받았었거든요. 그러나 이 경우는 반대로, 세워지는 이 도시가 삶이고 미래라고 스스로에게 말해야 했어요. 혼란스러웠죠.

물론 거대한 공사장 한가운데에서 사는 것도, 사방의 건축물, 밭을 갈라 RER 철로를 파는 것을 보는 일도 역시 쉽지는 않았지만, 그 모든 것에 아름다움이 있었어요.

세르지는 건설되자마자 60여 개의 국적과 전국에서 온 프랑스인들이 섞인 도시였죠. 저는 그것이 경이로웠어요. 파리에서 40km 떨어진 이런 도시에, 곳곳에서 온 사람들이 함께 살 수 있다는 가능성이요. 루앙, 보르도, 안시처럼 — 제가 살았던 도시들 —, 벽과 길에 적힌 «부르주아의 심장»과 건물에서 드러나는 사회 질서와 돈의 오래된 위력이 없는 도시였죠.

저는 세르지에 산다는 것이 어떤 의미인지 스스로에게 물었어요. 그리고 제가 봤던 모든 것들과 중요하다고 여겨졌던 말들, RER에서 만난 사람들, 르클레르, 슈퍼-M, 그리고 오샹 같은 대형 마트에서 만난 사람들에 관해서 쓰기 시작했죠. 민족학에 대한 야망은 전혀 없었어요. 단지 하루하루를 살면서 간직하고 싶은 이미지들을 붙잡고 싶은 욕구였죠. 프랑프리 계산대의 한 남자, 동네의 작은 광장에 있는 아이들. 그것이 이 구역을 제 것으로 만들어 가는 하나의 방식이었고, 커다란 면적에 흩어져 있는, 매우 다양한 인구 구성원들에게 더 다가가는 방법이었다고 생각해요. 이곳에는 전통적인 길이 없어요. 사람들이 주로 쇼핑센터나 역에서 마주치죠. 세르지에 대해 쓰다[i], 그것은, 네… 이곳에 머물겠다는 표현 방식이었죠.

저는 파리가 아니라, 세르지에서 사는 것에 대한 타당성을 항상 증명해야 해요. 파리지앵들의 상상과 싸

---

i 바깥 일기와 바깥에서의 생활.

워야 하죠. 지방 사람들의 상상은 더해요. 곧바로 «근교의 위험한 구역»을 생각하거든요. 세르지에 그런 곳은 없어요. 또 몰개성의 장소라는 말도 들었는데, 전혀 그렇지 않아요. 이미 역사가 있는 곳이고, 사람들의 이야기가 더 늘어나고 있는 곳이죠.

단지, 이곳은 다른 곳보다 모든 게 빨라요. 가게들, 간판들이 믿기 어려울 정도로 빠른 속도로 바뀌죠. 이미 35년 전에 세워졌던 라크루아쁘띠라는 구역은 허물어졌고, 세르지 경시청역은 완전히 달라졌어요. 끊임없이 변화하는 도시이며, 절대 멈추지 않죠. 이런 빠른 변화 때문에 사라지게 될 것들, 그 얼굴들, 그 순간들을 기록하는 성향을 갖게 된 것 같아요. 사실상 무엇인가에 대해 쓰지 않으면, 그것은 존재하지 않으니까요.

ANNIE ERNAUX

entretiens *avec* Michelle Porte

J'AI TOUJOURS ÉTÉ
ENTRE DEUX

저는 항상 중간에 껴 있었어요

저는 어린 시절, 청년기를 이브토에서 보냈어요. 5살에서 18살까지, 아니 그보다 더 오래네요. 루앙에서 대학을 다녔고 주말과 방학 때 부모님 댁으로 돌아왔으니까. 거의 24살에 결혼을 하면서 집을 떠났어요. 부모님의 카페 겸 식료품점은 중심가를 벗어난 곳에 있었는데 도시와 시골 중간 즈음이었어요. 50m 거리에는 여전히 농장이 있었죠. 상점은 거의 모든 방을 차지했어요. 우리의 공간은 카페와 식료품점 사이의 작은 주방과 위층의 커다란 방, 그 옆에 작은 방 그리고 창고와 다락방뿐이었죠. 카페와 같은 층에는 창고, 사실상 광이 있었어요. 마당을 통해 카페로 들어왔는데, 그곳에는 코 고장에서 «오두막»이라고 부르는 닭장 구조물이 여러 개 있었죠. 시골의 카페 겸 식료품점이라고 할 수도 있는데… 우리는 거의 항상 «시내에 가자, 시내로 올라가자»라고 말했어요. 그러니까 도시가 있었고 우리 동네, 클로데파르 동네가 있었던 거죠. 제가 부모님과 살았던 그곳에는 프라이버시라는 게 전혀 없었어요. 우리는 사람들 속에서, 사람들의 시선 속에서 살았죠.

제가 태어나서 다섯 살 때까지 살았던 릴본의 옛 상점은, 어린 소녀의 기억을 더듬어 보자면 조금 더 사생활이 보장됐던 것 같아요. 예를 들면, 부엌이 카페 겸 식료품점과 잘 분리되어 있었죠. 이브토는 그렇지 않았어요. 일종의 통로였죠. 카페와 이어지는 문을 아예 떼어 놓았어요. 손님들이 우리가 먹는 모습을, 제가 숙제하는 모습을 봤죠. 공동생활이었어요! 14, 15살 즈음에는 타인의 시선을 견디지 못하죠. 저는 위층에 있는 방에 숨어 있었어요. 혼자 있는 시간이 정말 필요했죠. 사람들의 시선을 받지 않는, 조용하고 커다란 집에서 사는 불가능한 꿈을 꿨어요. 학교를 마치고 돌아오면 반드시 카페 겸 식료품점을 거쳐서 들어와야 했죠. 물론 인사도 해야 했고요. 그것은 극심한 고통이 되어 버렸어요. 인사를 하고 싶지 않아서 작은 목소리로 재빠르게 인사를 했는데, 그 모습이 손님들에게는 좋지 않게 보여서 부모님께 혼도 났죠.

네, 그것이 저의 어린 시절의 세계와 제가 전혀 알지 못했던, 다만 주로 부르주아 계층의 학우들을 통해 막

연히 예측했던 또 다른 세계 사이의 단절의 시작이었
죠. 저는 호텔 혹은 큰 집에 혼자 사는 모습을 상상했어
요. 아침부터 저녁까지 가게에 묶여 있는 부모님을 그
곳에 데려갈 수는 없으니까… 오늘날 타인의 시선으로
부터 고립된, 우아즈와 호수를 향하고 있는 이 커다란
집에 사는 것은 무언가 꿈을 이룬 거예요. 그렇지만 특
별히 제가 쫓아온 꿈은 아니었어요. 원하지 않았는데
우연히 이뤄진 거죠. 제 삶에는 우연이 많았어요. 어쩌
면 제가 사회적인 이동을 했기 때문에 더 그랬을 수도
있어요. 이 집은 평범한 곳에 있지 않죠. 도시와 시골 사
이에 있고, 전통적인 도시와는 인구 구성원들도, 사회
적인 결정론도 다른 도시 부근에 위치하고 있어요. 어
떤 관점에서 보자면 이 집은 그곳의 위치를 통해 «실현
된» 계급 전향자의 경로를 상징하죠. 이 집은 바깥에서
보면 아름답기보다는 오히려 3단 케이크를 닮은 외관
이 «천박한» 편이예요. 규석으로 된 1층과 초벽을 칠한
위층, 벽돌로 된 또 다른 층, 너무 평평한 지붕. 전쟁 직
후에 세워진 바로크식 집으로, 분명 졸부의 집이었을
거예요. 어쩌면 저 역시, 그런 사람이기도 하고요.

　파리에 가면 6구나 7구처럼, 항상 제가 받아들여지

지 않는 것 같은, 불법 침입으로 그곳에 있는 것 같은 동네들이 있어요. 저는 그곳에서 저 자신이 지방 사람이자 근교의 주민이라는 것을 느끼죠. 네, 그곳에서 저는 사람들과 그들의 옷차림, 그들이 길을 걷는 방식을 인종학자의 시선으로 봐요. 텅 빈, 늘 비어 있는 옷 가게 쇼윈도 앞에서 갑자기 사람들이 «왜 이런 것일까? 왜 돈은 이곳에 모여 있을까»라고 말하며 저항하는 모습을 상상하죠.

M.P. : 당신은 이브토가 계급의 차이를 크게 느낄 수 있는 도시라고 하셨어요. 아름다운 집들이 있는 부자 동네가 있고, 당신이 살았던 동네가 있고…

A.E. : 도시에는 항상 경계가 있어요. 그곳에 온 이방인의 눈에는 보이지 않지만, 도시의 구역과 사람들의 머릿속에는 교묘하게 새겨져 있죠. 제 부모님의 카페 겸 식료품점이 있던 거리는 — 클로데파르 길 — 위쪽으로는 아름다운 집들이 있었지만 밑으로 내려갈수록 낮고 작은 집들이 나란히 붙어 있는 노동자 구역이 나왔어요. 어떤 집들은 매우 빈곤했죠. 그 길과 나란히, 예쁘고 넓고 보도가 딸려 있는 길, 20세기 초에 지어진 커

다란 빌라로 둘러싸인 레퓌블리크 길이 있었고요. 그 둘 사이에 제 부모님의 가게 뒤로 통하는 매우 작은 길, '학교 길' — 1914년 전쟁 전에 있었던 사립 유치원 때문에 — 이 있었죠.

클로데파르 길과 레퓌블리크 길의 차이는 당연히 사회적인 것이었어요. 제 부모님의 손님들은 — 노동자들과 피고용자들 — 클로데파르 길에서 오는 분들이었죠. 빌라 사람들은 시내에서 설탕이나 기름 사는 것을 잊어버린 한두 사람을 제외하고는 절대 오지 않았어요.

아마 어머니의 바람으로 사립학교에 다니지 않았었더라면 이 사회적인 차이를 이렇게 강렬하게 느끼지 않았을 거예요. 어머니는 사립학교가 공립학교보다 집에서 더 가깝고, 생 미셸 기숙학교는 일반 교육과 종교교육을 동시에 제공하기 때문에 교리교육을 받으러 다니지 않아도 된다고 하셨죠. 그곳에는 모든 게 다 있었어요. 사립 교육기관은 분리를 목적으로 삼죠. 저의 경우에는 사촌들 그리고 시립 학교에 갔던 동네 친구들과 갈라지게 됐어요.

사실상 이 분리, 이 «구별»은 생 미셸 기숙학교에 드나들던 농부, 소상공인, 노동자들의 딸들은 올라가기 힘들었던 6학년 때부터 특별히 감지됐어요. 그 애들은 «수료증을 받으러» 다녔고 취업을 하러 떠났죠. 특권을 누리는 여자애들과 드물게 공부를 시키기 위해 부모님이 «희생»하는 저 같은 새 몇 마리만이 학교를 계속 다녔어요. 그래서 사회적 차이가 매우 민감하게 느껴졌죠. 한편, 동네의 작은 상점을 하시는 부모님의 상황은 신속하게 현대화한 시내의 상인들과 비교해 빠른 속도로 기울어져 갔어요. 저희 부모님은 가게를 현대식으로 바꿀 돈이 없었고 그저 먹는 게 필요한, 근처에 사는 사람들만 들락거렸죠.

부모님은 늘 한 달 치 월급을 가불하는 일부 동네 사람들에게 외상을 줬어요. 저는 배가 고픈 수많은 가정들과 갈망하는 눈빛으로 통조림 병을 보면서도 콘비프 말고는 살 돈이 없었던 노인들을 보며 매우 일찍 사회적인 차이를 알게 됐죠. 음료 소비량에 관해서는, 남자들을 강타한 사회적인 고통의 모든 면을 제대로 봤어요. 그들은 카페에 와요. 카페에 오는 것은 아주 작은 행복이고, 다른 사람들과 함께 자신의 처지를 잊을 수 있으니까… 물론 그것은 수많은 불행을 자아내죠. 자식들은 계속 술을 마시는 그들의 아버지를 찾으러 오고요. 우리는 «그게 만약 나였다면, 내가 카페로 아버지를 찾으러 와야 했다면?» 하고 생각하죠. 그것 역시 혼란을 일으키고 상처를 만들어요. 술을 파는 사람, 카페의 사장이 제 아버지였으니까… 물론 나쁜 사장은 아니었을 거예요. 너무 많이 취한 사람이 있으면 아버지는 «집으로 돌아가. 이걸로 끝이야. 당신에게 더는 술을 주지 않을 거야»라고 말했거든요. 그러나 어쨌든, 저는 그 둘 사이에 있었어요…

저는 일찍부터 그 둘 사이에 있었던 것 같아요. 세상에 태어난다는 것은 추상적인 일이 아니죠. 우리는 얼굴과 몸짓과 말, 결핍의 언어 혹은 그 반대로 물질적 여유의 언어와 함께 관계 속에서 태어나요. 훗날 저는 저에게 남은 이 첫 번째 세상의 흔적을, 제가 겪은 가난에 대한 이른 경험을 인식하게 됐어요. 보통은 천박하거나 저급하다고 여기지만 저 자신은 그 힘을 헤아릴 수 있었던 행복과 쾌락의 흔적을, 말하자면 축제나 식사, 노래 같은. 물론 지적인 쾌락과는 거리가 멀었지만 저에게는 건설적이었죠.

저는 삶에서의 쾌락과 의미 그리고 정신적인 쾌락을 오랫동안 분리했어요. 실제로 어릴 때부터 그것들이 늘 함께 해왔음에도 불구하고요. 저는 글을 읽을 줄 알게 되자마자 놀라울 정도로 읽는 것을 좋아했고, 저희 부모님이 말했듯이, 보편적인 자질처럼, 채워지지 않는 식욕처럼, 목적어 없이 《학습했어요》. 왜 이런 분리를 할까, 그것이 가장 큰 문제죠. 그러나 — 제 첫 번째 책『빈 옷장』의 주제예요 — 지식의 획득은 항상 말하는 방식, 행동하는 방식, 어떤 취향, 사회적 질서의 차별과 늘 함께해요. 이 지식에의 도달은 분리를 동반하고요. 사실상 저는 이 분리에 대한 문제를 해결하지 못했어요. 어쩌면 그래서 글을 쓰는 것이고요. 그 분리가 제 안에 새겨져 있다고 생각해요. 세상의 분리요. 여기서 제 몸이란, 다른 문화로의 동화 저편에, 육체적 《분별력》의 획득 저편에 제가 보존해온 저의 몸짓을 말하고 싶은 거죠. 결국 저는 늦게, 45세가 되어서야 제가 계속해서 문을 세게 닫고, 물건을 살짝 놓는 대신에 거칠게 던진다는 것을 깨달았어요. 물론 이런 난폭함, 조절하지 못하는 육체적 힘은 저희 어머니에게서 물려받은 것이고요.

어쩌면 섬세하고 귀중한 것을 조심해서 다루는 데 어려움이 있는 것일 수도 있어요. 우리는 그런 물건들이 별로 없었으니까. 깨지기 쉬운 «일요일에 쓰는 접시»는 잘 정리되어 있었지만 매일 쓰는 다른 접시들은 이가 빠져도 상관없었죠. 이 첫 번째 세상의 유산은 언어에도 남아 있어요. 입에 맴도는 노르망디 사투리 단어들이 있는데, 내뱉지는 않지만 여전히 있죠. 코 지방 사투리는 더 이상 쓸 수 없을 거라고 생각해요. 몇몇 표현을 제외하고는 거의 사용되지 않고 있기도 하고요. 그렇지만 어떤 말이든 곧바로 이해할 수는 있어요. 제가 누군가에게 mucre를 '습한'으로, empouquée를 '몸을 움츠린'으로 번역한다면, 아무 말도 하지 않은 듯한 느낌이 들겠죠. 단어 이면에 감각과 후각, 촉각, 그것을 떠올리게 하는 모든 것이 더 이상 없는 거예요. 노르망디 단어들은 제 어린 시절, 환경과 목소리, 어머니의 미소, 형언할 수 없는 너무 많은 것들과 연결되어 있어요. 모어(母語)는 정말로 우리와 일체가 되죠.

정통 불어, 올바른, 아름다운 언어는 학교와 특히 책을 통해 배웠어요. 저는 그 언어로 글을 쓰지만, 그것은 저에게 늘 비현실적인 감각을 선사하죠. 그 언어의 단어 안에 제가 버린 언어와 같은 힘, 요컨대 같은 형체가 있었으면 해요. 제가 처음으로 속했던 세계, 동네의 언어요. 제 생각에는 그래서 제가 글쓰기에 대해 이야기할 때 《침수》를 말하는 것 같아요. 그렇지만 그것은 제 어린 시절을 넘어선, 보편적인 현실 속으로의 침수이죠. 현실을 포착하려면 저에게는 단어가 정말 사물들, 물건들 같아야 하거든요. 모든 것은 제 기억, 물질적인 기억 속에 이뤄지죠. 당신에게 몇 년도에는 이런저런 일이 있었다고 말하는 티브이 방송의 기억이 아닌, 역사와 구별되지 않는 학습된 기억이 아닌, 완전히 느낄 수 있는 기억이요.

저는 제 어린 시절이 행복 혹은 불행했다고 말할 수 없어요. 이 단어들에 큰 의미가 있다고 생각하지도 않고요. 저는 미래에 끌렸던 것 같아요. 그 미래는 어마어마하게 열려 있었죠. 아주 어린 나이에 이브토에 머물지 않을 거라고 생각했던 것 같아요. 여행을 꿈꿨고, 따뜻한 날씨를 꿈꾸기도 했어요. 코 지방은 날씨가 좋은 날이 별로 없어서… 비가 많이 내리고… 이브토는 비가 자주 왔죠. 바람이 많이 불고… 저는 떠나기를 꿈꿨어요. 부모님과 여행을 가고 싶었지만 1950년대에는 부유층들만 여행이 가능했죠. 18살 때까지는 방학 때마다 이브토에서 지냈어요. 책을 읽고, 가끔 «시내에 나갔죠». 15살에는 남자들을 만나러 부모님의 감시를 무릅쓰고 갔어요. 내면 깊숙한 곳에서는 외로웠죠. 방에서 책을 읽으며 고독했어요. 딱히 달리 할 게 없었죠.

M.P. : 당신은 책에서 상상 속의 친구에게 편지를 썼다고 하셨어요.

A.E. : 7, 8살 때, 완벽한 상상 속의 여자아이에게 편지를 쓰기 시작했어요. 반 친구와는 전혀 다른 여자아이였죠. 그 가공의 펜팔 상대에게 무슨 내용을 썼는지 전혀 기억나지 않아요. 저는 그 애를 드니즈라고 불렀는데, 한 번도 본 적 없는, 저보다 훨씬 나이 많은 사촌의 이름이었어요 — 그 사촌은 2년 전에 돌아가셨는데, 우리는 한 번도 만난 적이 없었죠 — 그렇지만 그 사촌에게 편지를 쓴 것은 아니었어요. 제 첫 번째 소설의 화자, 여주인공의 이름을 찾을 때, 갑자기 그 이름이 떠올랐죠. 드니즈, 드니즈 르쉬르요.

이제는 그 상상 속의 펜팔 상대를 다르게 해석해요.

저희 부모님에게 1932년에 태어난 딸이 하나 있었어요. 저보다 8살이 많은 거죠. 그 여자아이는 6살에 디프테리아로 사망했어요. 부모님들은 항상 언니를, 언니의 죽음을 숨겨 왔죠. 한마디도 하지 않았어요. 가족의 비밀이었는데, 늘 그렇듯이 밝혀지고 말았어요. 그보다는 오히려 어머니에게서 들었다고 하는 게 맞겠네요. 직접적으로 들은 게 아니라 조금 이상한 방식으로, 매우 단순하게. 어느 일요일, 항상 그렇듯이 식료품점은 열려 있었고, 어머니는 손님과 — 딸이 한 명 있는 손님이었는데, 저와 자주 노는 아이였죠. 4살밖에 안 됐고요 — 함께 가게를 나가셨어요. 어머니와 손님은 식료품점 뒤에 있는 학교 길에서 대화를 나누기 시작했어요. 저는 그 아이와 어머니들 주위를 뛰어놀다가 갑자기 꼼짝 않고 이야기에 귀를 기울이게 됐어요. 어머니들이 이야기하는 것을 집중해서 들었죠. 저는 듣는 것을 좋아했거든요. 특히 외설스러운 이야기, 낮은 목소리로 말하는 성에 관련된 이야기들이요. 그때, 어머니가 낮은 목소리로 저를 낳기 전에 여자아이를 낳았었다는 것과 그 아이가 디프테리아로 죽었다는 이야기를 했어요. 어머니는 제가 있다는 것에 개의치 않고 혹은 제가

있다는 것을 잊어버리고 말했던 것 같아요. 9살 혹은 10
살로 기억해요. 어머니는 그 어린아이, 제 언니의 죽음
에 대한 이야기를 저에게 강렬하게 남을 수밖에 없는
말로 마무리 지었죠. 언니가 죽기 전에 «착한 예수와 성
모 마리아를 보게 될 거야»라고 말했다고 했어요. 듣고
있기에 끔찍한 말이었죠. 그 아이는 성자였어요. 작은
성자요. 언니가 성자였다면, 그러니까 저는 악마였던
거죠. 게다가 어머니는 그 여자에게 «그 아이는 이 아이
보다 더 착했어»라고 덧붙였죠. 이 아이가 바로 저예요.
저는 이 모든 것을 저의 최근작,『다른 딸』에서 이야기
했죠.

　살면서 언니를 생각한 적은 별로 없었지만 이 일화
는 잊히지 않고 남았어요. 제가 가공의 드니즈에게 편
지를 쓸 때, 저를 둘러싼 이 모든 비밀들을 이미 예감한
것이 아닐까요? 이름 없는 언니에게 알지 못하는 사촌
의 이름을 빌려주면서 쓴 것일까요? 저희 부모님은 비
밀을 무덤으로 가져가셨어요. 어머니가 치매를 앓으시
는 동안에 제 앞에서 의사에게 이런 말을 했죠. «나는
딸이 둘 있습니다.» 저에게 말한 게 아니라 의사에게 말

한 거예요. 저는 어머니에게 한 번도 물은 적이 없었죠. 그것에 관한 이야기가 제 책에 있냐고요? 아마도 있을 거예요. 글 속에는 너무 많은 것들이 있죠. 글이 어디에서 나왔는지를 찾는 것은 별로 흥미롭지 못하다고 생각해요. 흥미로운 것은 우리가 쓰고 있는 것이죠. 글은 자신 앞에 있어요. 항상 앞에 있죠. 제가 썼던 책들에 대해 말하는 것이 저에게는 쉽지 않아요. 저는 항상 제 앞에 있는 것들만 생각하니까요.

ANNIE ERNAUX

entretiens *avec* Michelle Porte

MA MÈRE,
C'EST LE FEU

어머니는 불이에요

M.P. : 아니 에르노, 당신의 부모님이 어떤 부부였는지 말해 줄 수 있나요? 꽤 남다른 부부였나요?

A.E. : 제 부모님들은 전통적인 모델에 전혀 속하지 않는 분들이셨죠. 정확히 그 반대였어요. 아버지는 여성스럽다고 일컬어지는 장점을 갖고 계셨고, 어머니는 남성적이었죠. 아주 일찍부터 부모님의 관계를 그렇게 느꼈어요. 아버지는 온화하셨고 저와 노는 것을 좋아하셨는데, 어머니는 그것을 질색하셨어요. 아버지는 매우 유쾌하셨고 아이들을 좋아하셨죠. 어린 시절 내내 극성맞은 아빠 역할을 맡으셨어요. 제가 아플 때는 아버지가 책을, '리제트' 이야기를 읽어 주셨죠. 저를 자전거에 태워서 학교까지 데려다준 것도, 저를 데리러 학교에 왔던 것도 아버지였고요. 어머니는 무섭고 매우 권위적이셨어요… 어머니가 곧 법이었죠. 그러니까 저는 아버지가 하라는 대로가 아니라 어머니가 하라는 대로 행동해야 했죠.

결국 역할이 분명하게 정해져 있었던 거예요. 저에게 올바른 처신이란 무엇인지를 결정하는 것은 어머니였죠. 두 사람은 물과 불이었어요. 어머니는 집어삼킬 듯한 불이었죠. 제일 크게 야단치던 사람이었고요. 그러니까 그들은 주변에서 보기 드문 부부였던 거죠. 서민 사회의 여성들이 부르주아 사회의 여성들보다 더 많은 권한을 가지고 있었다고는 하지만, 여성들이 특히 돈을 관리했거든요. 저희 집도 그랬고요. 어머니가 혼자서 가게의 행정적인 부분들을 관리하셨죠. 이런 부모의 상이 제가 다른 모델, 부잣집 친구들의 어머니나 여성 잡지 속의 여자들을 맞닥뜨리게 되면서 매우 불편해졌어요. 어머니는 《여성스러움》으로 지칭되는 것들과는 거리가 멀었죠. 어머니는 많은 것들에 관심을 가지셨고, 세상을 향해 열려 있다는 태도를 보이셨지만 종교의 법이 어머니의 인생을 지배했죠 — 저는 그것을 참아내는 게 점점 힘들었어요.

어머니는 독실한 신자였고 그 시절 종교적인 활동이 띠고 있는, 그러니까 사회적인 신분과 결부된 모순성을 가지고 과도하게 활동하는 신자였어요. 어머니가 어릴 적, 대부분의 여성들과 노동자들이 교회에 나가는 것을 그만뒀었죠. 분명 어머니에게는 교회에 나가는 것이 자신이 열망했던 지위에 속하는 일이었을 거예요.

어머니에 대해서는 단순하게 말할 수 없어요. 저와 어머니 사이는 늘 지독했죠. 싸움의 연속이었어요. 저는 아마도 어머니를 위해, 또 어머니에 반해 스스로를 만들었을 겁니다. 어머니를 위한다는 것은, 어머니가 저의 우수한 학교 성적을 좋아하셨고 제가 인생에서 훌륭한 무엇인가를 이루기를 정말 바라셨거든요. 물론 이런 단어들을 쓰지는 않으셨죠. 어머니가 자주 말씀하셨듯이 «남편에게 의지하지 않기 위해» 직업을 가져야 한다는 당신의 뜻에 오늘날 제가 의미를 부여한 거예요. 그 당시에는 신선했죠. 대부분의 어머니들은 생각할 수조차 없는 일이었거든요. 여자아이들도 마찬가지였고요.

일상에서 어머니는 매우 엄격하셨어요. 저를 훈육하셨고, 훈육했다는 말은 그러니까 엄청난 분노의 표현을 동반하며 뺨을 때리는 것을 말하죠. 어머니는 분노를 표출하는 여자였어요. 격정적인 분노요. 저에게, 아버지에게, 정당하지 않은 권위라고 느끼는 모든 것들에 《역정을 내시면서》 당신을 화나게 만든다고 말씀하셨어요. 그리고 계속 화를 내셨죠. 어머니와 아버지의 부부싸움은 저에게 늘 폭력적이었어요. 항상 비극적인 일이 일어나는 게 두려웠거든요. 제가 12살 때 그런 일이 일어날 뻔한 적이 있었어요. 어느 날 아버지가 더 이상 어머니의 권위적인 태도를 견디지 못하시고, 어머니를 끌어당겼는데… 저는 위층으로 도망쳐서 정확히는 모르지만, 어머니가 《딸아! 내 딸아!》라고 외치며 비명을 지르시는 것을 들었어요. 저는 지하실에서 어머니를 다시 발견했죠. 아버지가 나무를 자르는 도끼가 박혀 있는 통나무 근처로 어머니를 밀어붙이고 있었어요. 저에게는 커다란 충격이었죠. 한참이 지나서야 이 에피소드를 이야기했어요. 비밀로 묻어 놓았었으니까. 인생에는 수많은 비밀들이 있고, 글쓰기는 그 주위를 맴돌아요. 우리는 비밀 속에 들어갈 수도 있고 절대 들어가지 않을 수도 있죠. 이 이야기를 꺼내기까지 저는 50년을 기다렸어요. 부모님의 이 폭력성, 이 장면이 저에게는 수치였으니까요, 수치요.

　　그러나 어머니를 악녀로 그리는 것은 맞지 않아요.

옳지도 않고요. 어머니는 불꽃 같은 여자였어요. 항상 아름답기를 원했고, 외출할 때는 옷을 잘 차려입었으며 학문을 높이 여기셨죠 — 저에게는 그것이 가장 중요하게 남아 있어요. 어머니는 식료품점으로 물건을 사러 오는 동네의 교사들을 존경했죠. 그들과 말하고, 그들의 말을 옮기기를 좋아하셨어요. 그러나 기업가, 재산 상속자, 남을 짓밟는 사람들에 대해서는 커다란 분노를 표출했죠. 어렸을 때 자주 듣던 표현이에요. 저는 학문과 지식을 가장 우선으로 여기는 가치 척도 속에서 자랐어요. 어머니는 일찍이 저에게 사전을 사 주셨죠. 라루스 사전이요. 어떤 단어의 철자나 뜻을 모를 때면, 어머니는 «사전을 보자»고 말씀하셨어요. 그것은 중요한 수단이자 자연스러운 행위였죠.

아버지, 그분은 신문밖에 읽지 않으셨어요.『파리 노르망디』, 가끔은『프랑스스와르』. 아버지는 학교에 다닐 때, 프랑스의 기억의 «명소»를 다룬 책,『두 어린이의 프랑스 일주』를 읽으셨는데, 그것은 아버지에게 '하나뿐인 책'이었어요. 아버지가 «우리 마음에 들었어. 진짜 같았거든»이라고 말씀하셨던 것이 인상 깊게 남아 있네요. 이 책의 비상함은 — 초등학교에서 저도 읽었죠

── 제3공화국의 연방 조직적인, 사상적인 기획을 실제처럼 보이게 만들었다는 것이에요. '각자 자신의 자리를 지켜야 한다', 그것이 이 책의 명백한 메시지이죠. 그렇지만 그 시대 어려운 계층의 어린이들의 현실에 깊이 뿌리를 내리고 있는 책이기도 해요. 저는 항상, 아버지가 '프랑스 일주'의 작은 두 영웅들, 앙드레와 줄리앙과 자신을 동일시하며, 1870년대에 로렌을 벗어나다가 독일인들에게 붙잡히고, 프랑스 영토로 먼 여행을 떠나는 줄리앙과 앙드레에게서 아버지의 형, 앙리와 자기 자신을 보고 있다는 것을 느꼈어요.

저를 독서에 입문시킨 사람은 바로 어머니였죠. 그러나 저는 아주 일찍 읽고자 하는 열정을 불태워 버렸어요 ── 지나친 표현이라고 생각하진 않아요. 1945년 이브토에 이사 오면서 제가 수개월 동안 아팠었는데, 지방에서 부유하게 사시는 한 부인이 ── 이모들 중 한 분인 수잔은 프루스트의 프랑수아즈 같은 착한 시골 부인이었어요 ── 예쁜 그림이 있는, 19세기 어린이 책을 종류별로 다 가져다주셨어요. 그 책들이 무엇을 말하는지 이해하지 못한다는 것이 저에게는 엄청난 욕구 불

44

만이었죠. 저는 다섯 살이었고 원하는 것은 단 한 가지, 학교에 가서 글 읽는 법을 배우고 싶다는 생각뿐이었어요.

끔찍하게 수치스러웠던 첫 등교 날을 기억해요. 저는 선생님이 그날 읽는 법을 가르쳐 줄 것이라고 믿고 있었는데, 대신 작대기 그리기를 시키셨어요. 몇 번이고 생각했죠. «뭐라고 해야 하나? 아직 글을 읽을 줄 모른다고? 작대기 그리기를 했다고?» 저는 금세 나이 드신 부인의 모든 책들과 ―『맨발의 소녀』『작은 이민자 페드로』『사려 깊은 가스파』 이 제목들이 생각나네요 ―, 어머니가 읽으시던 여성 잡지들 ― 일주일에 네 번, 『초가집의 밥들』『오늘의 유행』『비밀』『패션의 작은 울림』― 그리고 어머니가 당신과 저를 위해 사셨던 책들 ―『바람과 함께 사라지다』― 까지도 읽을 수 있게 됐어요. 위대한 글들을 축약한 버전으로 유명한 '녹색 도서관'은 ― 여기서 디킨스와 샬롯 브론테의『제인 에어』를 읽었습니다 ― 엑토르 말로, 도데의 어린이용 작품집들 옆에 있었죠. 오랫동안 자유롭게 읽을 수 있었어요 ―10살 즈음에는『독사 떼』와『시골 신부의 일기』를 읽기 시작했다가 뜻을 이해하지 못해서 관뒀던 기억이 있네요. 안타깝게도 어머니는 읽어야 할 책이 무엇인지를 알지 못하셨죠. 정통 문학이라고 하는 것에 대해 전혀 알지 못하셨어요.

사춘기가 되자 어머니는 모파상의 『여자의 일생』, 콜레트의 『셰리』를 감추고, 저에게 『브리지트』 베르트 베르나주의 보수주의적인 연작을 읽게 하면서 제 독서를 감시하기 시작하셨어요. 그때 어머니는 경계하셨던 거죠. 그것은 어머니의 청교도적인 면이었고, 두려움이었어요. 그 시절 여자들의 두려움은 자신의 딸이 «임신하는 것»이었죠. 너무도 분명히 미래가 사라짐을 의미했으니까. 우리 주변에는 그런 예가 너무 많았어요. 17살에 결혼해야 하는 여자애들이요. 제가 결혼하기 전까지 어머니는 그런 강박 속에 사셨던 것 같아요. 그리고 결혼을 할 때는 제가 «잘못된 번호를 뽑을지도 모른다»는 또 다른 두려움을 가지고 계셨죠.

어머니와 저의 분쟁의 영역은 바로 그곳, 성(性)에 있었어요. 저는 남자애들에게 잘 보이고 싶었고, 어머니는 그것이 의미하는 모든 것들을 기가 막히게 알아냈죠. 저는 페미니즘이 있기 전부터 페미니스트였던 어머니를 뒀던 거예요. 물론 피임 허용과 베이유 법이 있기 전까지는 실현 불가능했던 성적 자유 앞에 가로막힌 페미니즘이었지만. 어머니는 수호자, 제 몸의 수호자처럼 행동했죠. 그렇지만 최고를 위한, 저의 미래의 수호자이기도 했어요.

제가 곧이어 자유를 즐겼다고는 하지만 오랫동안 생각했던 것 이상으로, 아직 «남성 우위»라는 말을 쓰지 않을 때였고, 어머니 당신의 부부생활에서는 거의 겪어 보지 않으셨지만 다른 집에서 느꼈던, 어머니의 남자에 대한 불신이 저에게 각인되어 있었던 것 같아요.

어머니는 세탁, 손빨래, 다림질, 전통적으로 여성들에게 부여된 역할을 맡으셨지만 요리는 하지 않으셨어요. 요리를 좋아하지도 않았고 할 줄도 모르셔서 요리하는 것을 좋아하는 아버지에게 맡기셨죠. 어머니는 요리가 순식간에 사라지는 것에 비해 할 일이 너무 많다고 판단하셨고, 다시 해야 하는 음식의 허무한 면을 싫어하셨던 것 같아요. 그렇지만 먹는 것은 무척 좋아하셨죠. 제 생각에 어머니는 인생의 모든 쾌락을 좋아하셨던 것 같아요.

어머니는 불이에요. 불이죠. 제가 이렇게 말하는 것은, 어머니가 극단적인 행동을 할 수 있을 것이라는 느낌을 줬기 때문이에요. 그저 이미지만은 아니에요. 어머니는 제 일기를 불태우셨죠. 틀림없이 불태웠어요. 요리용 화덕에 넣거나 세탁실의 보일러에 넣는 것, 그것이 어머니가 보통 무언가를 없애는 방식이었거든요. 제가 16살 때부터 썼던 일기장이었어요. 결혼을 하고 보르도로 떠나면서 부모님 댁에 일기장을 뒀죠. 더 정확히 말하자면 16살부터 22살까지 썼던 노트들인데, 1968년, 방학 동안에 이브토의 어머니 집의 창고에 있던 그것들을 다시 꺼내 읽기도 했어요. 1970년, 어머니가 저와 남편, 아이들과 함께 살기 위해 안시에 오셨을 때, 저의 책과 과제, 성적표를 모두 가져오셨는데 일기장만은 예외였어요. 딱 한 권, 제가 결혼했던 남자와의 만남을 기록했던 마지막 일기장만을 제외하고요. 저는 어머니가 제 일기장을 읽었고, 당신이 읽은 것이 마음에 들지 않으셨기 때문에 없앤 것이라고 확신했어요. 같은 맥락으로 그 시절에 제가 친구들에게 받았던 편지들도 없애셨죠. 저를 사랑해서, 저에 대한 사랑으로 그렇게 하신 거예요. 저는 우리가 사랑에 의해 가장 끔찍한 일들을 저지를 수 있다고 생각해요. 16살에서 18살, 저의 사춘기 시절, 그 시절 저의 모든 사생활을 어머니에게 들켰고, 어머니는 분명히 이렇게 생각하셨겠죠. «누가 이걸 보기라도 한다면, 그 애의 남편이 본다면! 내 딸에게 얼마나 수치스러운 일인가!» 어머니는 사람들이 저를 좋지 않게 보는 것을 원치 않으셨던 거예요. 그래서 태우셨죠. 제가 어머니에게 «왜 내 노트를 가져오지 않았어?»라고 묻지 않았다는 것을 알아주셨으면 해요. 그럴 필요가 없었거든요. 저에게는 너무 명백했으니까. 저는 어머니가 «거기 적혀 있는 걸 생각하면 그편이 더 낫다»라고 대답할 것이라는 것을 잘 알고 있었죠. 어떤 의미에서 어머니와 저는 말하지 않아도 서로를 이해했어요. 우리는 그 일에 대해 한 번도 말하지 않았죠. 절대로!

그렇지만 그 일기장에 어머니에게 가장 끔찍한 일일 수 있는, 제가 불법 낙태 수술을 받았다는 언급은 없었어요. 분명 흔한 일이었지만, 어머니의 눈에 그것은 도덕적, 사회적 타락의 절정이었죠. 저는 사실상 한 번도 — 흔한 일이지만 — 어머니의 행동에서 도덕적인 우려인지 사회적인 우려인지를 제대로 식별하지 못했어요. 그럼에도 불구하고 어머니는 제 첫 번째 소설『빈 옷장』을 읽으시면서 이 낙태 사건에 대해서 알게 되시죠.

M.P. : 책이 나오고 어머니의 반응은 어떠셨어요?

A.E. : 어머니는 글에 대해, 아니 글보다는 책에 대해 — «문학»이라는 말은 한 번도 쓰신 적이 없었죠 — 순수한 동경을 품고 계셨어요. 숭배를 한 거죠. 처음 글쓰기를 시작해서 22살에 첫 소설을 탈고했을 때 어머니께 말씀드렸어요. 어머니는 감동하셨고, 무척 행복해하시면서 이런 놀라운 말씀을 하셨죠. «나도 글을 썼다면 좋았을 텐데. 할 줄 알았다면…» 글을 쓸 줄 알았더라면, 이라고 말씀하고 싶었던 거예요. 어머니는 독서를 너무 좋아하셔서, 그녀에게 독서의 연장 선상은 자신이 직접 글을 쓰는 것이었어요. 그러나 어머니는 곧바로 학업을 포기하면 안 된다고, 생활하는데 직업이 필요하다고 덧붙이셨죠. 물론『빈 옷장』은 어머니가 바라는 저의 책은 아니었을 거예요! 화자의 이름이 드니즈이지만, 어머니는 행간을 아니 모든 문장의 행을, 제 머릿속에 있던 것들을 읽어 내셨죠. 어머니는 제가 불법

낙태를 했다는 것을 — 약간의 의심을 하긴 했지만 이전에는 절대 알지 못했죠 — 확신하셨어요. 당연히 카페 겸 식료품점을 알아보셨고요. 그러나 그 책을 읽고 — 하룻밤 만에 다 읽으셨던 것 같아요. 그날 저녁 늦게까지 어머니의 방문 밑으로 불빛이 새어 나왔거든요 — 어머니는 아무 말도 하지 않으셨죠. 전혀 말씀이 없으셨어요. 저도 어머니께 묻지 않았고요.

제가 보기에, 어머니는 그것이 우리가 계속해서 서로 가깝게, 보복 없이 함께 살아갈 수 있는 가장 적절한 태도라고 생각하셨던 것 같아요. 저와 싸우지 않아도 되는 합리적인 태도요. 우리 두 사람 모두, 순수 소설인 것처럼 행동했죠. 저도 그렇게 제 책을 소개하려고 했어요. 그 책이 나왔을 때, 어머니는 이브토에서 멀리 떨어진 안시에서 살고 계셨어요. «당신인 걸 알아봤어요»라고 말할 이웃들도 손님들도 더는 없었죠. 그러니까 사회적으로 문제가 덜 했던 거죠. 저는 어머니의 반응을 그렇게 분석하고 있어요. 자식의 책에 대한 부모들의 태도는 부분적으로는 그들이 상상하는 주변 사람들의 의견에 달려 있죠.

어머니는 항상 신문에 비판이 섞인 평론이 실리면

끝까지 제 편을 들었고, 누군가 제 책을 읽지 않았다고 말하면 실망하셨어요.『빈 옷장』도 마찬가지였고요. 마치 문학적 명성이 당신의 눈앞에서 모두 날아가 버린 것처럼, 그건 꽤 놀라웠어요. 어쩌면 끔찍했을 수도 있고, 잘 모르겠네요. 그러나 어쨌든 저는 이런 여성을 어머니로 둔 거예요. 어쩌면 만약에⋯ 어머니가 돌아가시기 전에 치매를 앓지 않으셨더라면, 어머니에 대해 용서할 수 없는 것들이 많았을 거예요. 예를 들면 제가 받은 편지를 열어서 읽어 본 일과 쓰레기통을 뒤져서 쓰다 버린 편지를 찾아낸 일도⋯ 그러나 그 기간 동안 어머니와 저만 알 수 있는 일들이 있었죠. 저는 외동딸로서 어머니의 상태를, 누구와도 나눌 수 없는 내밀한 일처럼 겪었어요. 어머니와 저는 진정한 상호 영향을 주고받았고, 그것은 한없이 무거웠죠. 동시에 저에 대한 어머니의 애증의 태도를 분명히 알게 됐고 그래서 저는 우리가 사랑과 미움에 있어서 동등했다고 생각해요.

치매는 숨겨 놓은 것들을 매우 잘 드러내는 병이에요.『남자의 자리』로 르노도 상을 받았을 때, 어머니가 간호원에게 이렇게 말씀하셨다는 이야기를 들었어요.

«그 애의 아버지에게 말하면 안 돼요. 그 남자는 그 애라면 늘 꼼짝 못 했으니까». 아버지는 19년 전에 이미 돌아가셨지만 어머니의 질투는 변함없이 남아 있었고, 아버지가 저를 지나치게 높이 평가하고 지나치게 사랑했지만, 저의 «버릇을 고치는데» 어머니, 당신이 있어서 그나마 다행이라는 감정은 여전했던 거죠. «버릇을 고치다», 폭력적인 표현이에요. 어머니의 입에서 자주 나왔던 말이었고, 어쨌든 제가 받았던 교육의 용어였어요. 그러나 제가 그것을 판단할 수는 없죠. 다만 저는 제 아들들에게 그렇게 하지 않기를 원했어요.

M.P. : 저는 당신 가족의, 당신과 당신 부모님 사이의 침묵에 놀랐어요. 어린 시절에 대한 침묵, 죽은 딸에 대한 침묵, 어머니가 당신의 일기장을 없앴을 때의 침묵, 재미있네요. 당신이 말하지 않는 것을 해결책으로 선택했다는 것이…

A.E : 말하지 않는 것은 말이 비극을 유발하기 때문이에요. 나머지 가족들 사이에 언어폭력이 심했거든요. 특히 어머니의 형제자매들 사이에서, 신체적인 폭력까지도. 말이 불러일으켰던 것들은, 제일 끔찍했죠.

식탁을 엎으면서 싸워서 이웃들의 이야깃거리가 된 일이 수도 없었어요. 비밀은 평온의 형태예요. 언니에 대한 비밀이나 어머니와 저 사이에 비밀이 없다는 것은 상상할 수도 없죠. 그것은 죽은 것들 사이에서 존재하는 방식이에요. 그것이 좋은 삶의 방식으로 여겨지지 않는다는 것을 알고 있지만, 발설하는 것 역시 많은 경우에 매우 파괴적이기도 하죠. 비밀이 고통스러웠던 기억은 없어요. 일이 일어나는 순간에 그 일들이 저에게 어떻게 다가왔는지는 기억하고 있죠. 그건 달라요. 저는 언니에 대해 말할 수도 없었고 말해서도 안 됐어요. 그게 다예요. 부모님이 말하지 않으셨으니까 그 일을 말해서는 안 됐죠. 아버지가 어머니를 지하실에 끌고 갔던, 12살 때의 이야기도 마찬가지예요. 말을 해서는 안 됐죠. 다른 사람에게 말하지 말아야 하는 것뿐만이 아니라, 부모님께도 말해서는 안 됐어요. 끝난 일이니까. «자, 끝났으니 더는 말하지 말자»가 제가 자주 들었던 말이에요. 그래서 다시 되짚어 보고자 하는 마음 없이 그 일들이 지나가 버렸죠.

ANNIE ERNAUX

entretiens *avec* Michelle Porte

LE LIVRE ÉTAIT
UN OBJET SACRÉ

책은 신성한 물건이었습니다

저는 항상 읽는 어머니의 모습을 봐 왔죠. 어머니는
바쁜 와중에도 읽을 시간을 냈어요. 가게의 벨소리에
읽기를 멈춰야 할 때면 마른행주나 다림질거리 밑에
책, 신문을 감추셨어요. 아마도 한가한 사람으로 보이
는 게 두려웠던 것 같아요. 저녁에는 침대에서 조금 독
서를 하셨지만 아버지가 불빛 때문에 불평을 하셨죠.
어머니의 독서 욕구는 매우 폭이 넓었는데, 무엇보다
작품들의 가치 차이를 모르셨기 때문이에요. 책에 대
해서 이야기할 줄도 모르셨고요. 좋거나 혹은 싫거나,
그게 다였죠. 어머니는 제가 16살 때, 당신이 전쟁 전에
읽으셨던 책, 스타인벡의『분노의 포도』를 선물해 주셨
어요. 어머니는 왜 제가 그 책을 읽는 것이 중요한지 말
씀하지 않으셨죠. 어머니는『바람과 함께 사라지다』가
프랑스에 나오자마자 구매하셨어요. 청색 4도로 인쇄
된 표지 위에 흰색 커버가 있었던 것으로 기억하고 있
는데, 훗날에 그것이 갈리마르 표지라는 것을 알게 됐

죠. 어머니는 마치 스칼렛이 실제 인물이라도 된 것처럼 손님들에게 열정적으로 이야기했어요. 어릴 적, 제가 9살 때, 저는 어머니가 성격과 의지 때문에 당신 자신을 스칼렛과 동일시 여긴다고 느꼈어요 — 스칼렛의 운명은 어머니가 갖길 원했던 운명이었죠. 저는 어머니의 허락을 받고 그 두꺼운 책을 읽었는데, 어린 시절 내내 그렇게 두꺼운 책을 읽은 적은 없었죠. 저는 금세 이야기에 끌렸고, 사랑과 미국 남북전쟁, 여자의 일생에 빠져들었어요. 15년 전 즈음에 그 소설을 다시 읽고 싶다는 호기심이 생겼죠. 저의 건방진 선입견은 순식간에 사라졌어요. 스칼렛 오하라는 인생의 매 순간에 선택을 한 여자예요. 그것이 좋은 선택이든 나쁜 선택이든 그녀 스스로 결정했죠. 그 책을 좋아했다는 사실이 부끄럽지 않았어요.

어머니는 줄곧 서점에 무슨 책을 사야 하는지 물으셨어요. 이브토처럼 작은 도시에서는 서점이 조언을 해 주는 중요한 역할을 했죠. 언젠가 시상식이 있던 날로 기억하는데 — 많은 책을 받았지만 늘 그렇듯이 종교 기숙사에서는 읽을 수 없는『엘렌 부쉐르』『리 요티 장군』같은 책이었어요 — 어머니는 곧장 저를 서점에 데려가셨고, 그곳에서 우리에게『악의 꽃』과 저의 문학 평론 입문서였던 롱사르에 대한 귀스타브 코엔의 책을 추천해 줬어요. 또 다른 어느 날은 소설책이었는데 ─ 뤼스 아미의 ─ 절대 잊을 수 없는, 슬픔에 대한 프루스트의 명구[i]가 적혀 있었죠.

보셨죠. 저는 이 모든 것들을 기억하고 있어요. 그것이 행복이었기 때문이죠. 어머니는 독서를 나누는 사람이었어요. 사춘기, 대학생 때는 제가 어머니에게 친구들이 빌려준 책이나, 도서관에서 빌려온 책들을 읽게 해드렸어요. 카프카의『변신』을 드렸던 게 생각나네요. 그 책은 어머니를 심란하게 만들었죠.

외할머니도 책을 많이 읽는 분이셨는데 어떤 책을 읽으셨는지는 모르겠어요. 아마도 연재소설이었을 거예요.

M.P. : 당신은 어머니께서 책을 너무 존중한 나머지 책을 만지기 전에 항상 손을 씻으셨다고 말씀하시기도

---

i 《슬픔은 미움받는 어둠의 종으로, 우리는 점점 더 빠져드는 그것의 지배 아래 맞서 싸워야 한다. 슬픔은 끔찍한 종, 무엇으로도 대체할 수 없으며 지하의 길을 통해 우리를 진실과 죽음으로 안내한다.》 - 잃어버린 시간을 찾아서, 마르셀 프루스트.

했어요.

A.E. : 네. 어머니는 손이 깨끗한지 보셨어요. 일 때문에 어머니의 손에 항상 기름기가 있었거든요. 어머니는 «잠깐만, 손을 씻을 게»라고 말씀하셨죠. 책은 귀중한 것을 넘어 신성한 물건이었어요. 모든 난관을 해결하는 주문, 더 나은, 인생에서 중요한 무언가로 향하는 통로, 그런 이유로 어머니의 눈에는 그것이 해로운 것으로 보였을 수도 있었던 거죠. 그래서 어머니는 제가 모파상의『여자의 일생』을 읽는 것을 원치 않으셨어요. 너무 어리다고 판단하셨고 금지하셨지만, 저는 당연히 어겼죠. 그 책을 훔쳐서 주방으로 이어지는 계단 위에서 읽었어요. 희미한 전구 불빛 아래서 심장이 뛰었죠.『위쏭 부인의 장미나무』와『텔리에르 부인의 집』도 마찬가지로 읽어서는 안 됐어요.

코 고장의 노르망디 사람들이 생각하는 그들만의 작가는 플로베르보다는 모파상이었어요. 아첨꾼이 아니라 오히려 잔인한 통찰력을 갖고 있는 사람이었지만, 그는 그들을, 특히 농부들을 그릴 줄 알았죠. 아버지도 이례적으로 모파상의 시골에 대한 단편들을 읽으셨죠. 나쁘게 다뤘건 어쨌건 간에 «여기, 우리를 이야기한 작가»라는 것이 중요했던 거예요. 저는 책에 흥미를 잃는 데는 책과 독자가 만나는 지점의 부재가 큰 역할을 한다고 생각해요.

물론 그것만은 아니죠. 독서에 대한 아버지의 무관심과 무심함 — 적당한 표현을 찾아보려 했어요 — 에는 근본적인 무엇인가가 있었어요. 저는 『남자의 자리』에서 언젠가 아버지가 «책이 너에게는 유익한 것이지만, 내가 사는 데 필요하지는 않아»라고 말씀하셨다는 이야기를 썼죠. 그것은 저를 거부하는 문장이었고, 아버지와 저 사이에 메울 수 없는 커다란 격차가 있음을 나타내는 문장이었어요. 그것이죠. 어느 순간 부모와 자기 자신 사이에 혹은 어떤 때는 형제자매 사이에 갑자기 나타나는 문화적인 격차. 커다란 고독과 고통의 영역의 어떤 것. 저는 그것을 16, 17살에 경험했어요. 아버지 역시 같은 방식으로 그것을 겪었을 수도 있다는 생각은 하지 못했죠. 어쩌면 아버지는 제가 공부를 오래 하지 않았으면 했을지도 몰라요. 부모님과 문화적으로 분리된 자식들의 고통은 부모들이 자식들이 더 교육받는 것, 그러므로 더 행복해지는 것, «그들보다 더 나아지는 것»을 — «너는 우리보다 더 나을 거야», 저는 항상 이 말을 들어왔어요 — 최고로 바라면서 동시에 그들이 알고 있던 아이 그대로 남아 주기를, 그들과 같은 것에 웃을 수 있기를, 그들과 같은 티브이 프로그램을 볼 수 있기를 바란다는 점에서 나오죠. 아이들을 도중에 잃지 않기를 바라는 거예요. 배우는 것과 그대로 남아 있는 것, 이중적인 제약이 있죠. 저의 고통은 제가 할 수 없다는 것에 있었어요. 나눌 수 없는 것이 너무 많았죠. 특히 아버지와. 어머니라면 «내가 사는 데 책은 필요하지 않아» 같은 말은 절대 하지 않으셨을 거예요. 아버지는 그 말을 사실주의적으로 냉정하게 말씀하셨죠. '산다'라는 본래의 의미로 봤을 때, 일로 생계를 이어가는 데 있어서 아버지에게는 책이 필요하지 않았던 거예요. 아버지 안에 그런 욕구가 생기지 않았던 거죠. 아버지는 제3공화국이 모두에게 주입시키기를 목표로 삼았던 읽기, 쓰기, 계산하기 같은 초등 지식을 익히셨고 그게 전부였죠. 나머지는 사치였어요. 12살에 농장에 보내져서 일을 하셨고요.

제가 문학을 공부하고 싶어 하는 것을 아버지는 절대 이해하지 못하셨을 거라고 생각해요. 과학, 의학, 네, 그것은 이해하셨겠지만 문학은 아니죠. 문학, 그것이 무엇을 말하는 것이냐고 아버지는 한 번도 묻지 않으셨어요.

M.P. : 당신에게 문학은 어떤 역할을 했나요?

A.E. : 양면성을 가진 역할이죠. 독서는 상상의 장소였어요. 그곳에서 저는 강렬하게 살았죠. 동시에 주로 저의 세계와 정반대되는 사회적인 모델을 제공하면서 어린 시절의 현실 세계와 저를 갈라놓기도 했어요. 저는 모든 책 속에서 스스로를 완전히 비현실적으로 만들었고, 이 비현실성은 제가 지식을 획득하는 데 아주 놀라운 역할을 했죠. 단지 읽으면서 — 어린이용 서적들을 포함해서 — 라디오밖에 없었던 시절, 다른 곳에서 배울 수 없는 수많은 것들을 배우게 됐어요. 저는 연극 공연장에도 극장에도 가지 않았죠. 책은 세상을 향한 문이었어요. 저는 저의 규범과 도덕적 룰의 많은 부분이 독서에서, 주인공과 자신의 일체화를 통해서 나온 것이라고 확신해요. 제인 에어가 그랬고, 스칼렛 오하라가 그랬죠. 다른 주인공들도 있고요. 알퐁스 도데의 『꼬마 철학자, 다니엘 에세트』를 기억해요. 그의 잔혹함 그리고 가난하고 다리를 절었던 학생, 방방에 대

한 그의 후회도요. 그 후로는 앙투안 로캉탱의『구토』,
줄리앙 소렐, 프레드릭 모로… 저는 책을 많이 읽지 않
고 글을 쓸 수 있다고 생각하지 않아요. 책을 읽으면서
자신도 모르는 사이에 같은 것을 할 수 있다고 확신하
거든요.

M.P. : 당신은『제인 에어』의 인물과 자신을 많이 동
일시하는 것 같아요. 어머니 때문에 그 책을 읽게 되신
건가요?

A.E. : 어머니예요. 어릴 적 끔찍한 중학교에 보내졌
던 제인 에어와 저 자신을 심하게 동일시했던 것을 기
억해요. 성인이 된 제인 에어, 로체스터 씨에 대한 그녀
의 반응을 이해하는 게 더 어려웠어요. 그 책에 대해서
어머니와 이야기를 나눴던 것도 기억하죠. 제인 에어
가 마치 실제 인물인 것처럼 아주 단순하게, 행동이 바
르고 똑똑하다고 말했어요. 10년 전에 그 책을 다시 읽
으면서, 등장인물이자 화자인 제인이 생각하는 방식이
저에게 얼마만큼 큰 영향을 끼쳤는지를 발견하고 놀랐
어요. 분명 그 책은 저에게 입문 소설이었어요.『폭풍의
언덕』보다 접근이 더 쉬웠죠. 그것도 아주 어릴 때 읽었

지만 그 시절에는 감정의 격렬함이 낯설게 남았어요. 최근에는 늘 기억에 남아 있는, 저를 감동시켰던『제인 에어』의 한 장면이 언니의 죽음 그리고 제 무의식과 연관돼 있다는 사실을 깨달았어요. 티푸스 전염병으로 큰 피해를 입은 기숙사에서 병에 걸리지 않은 제인이 간호실에 있는 그녀의 폐결핵 환자 친구, 헬렌을 만나러 가서 그녀의 침대에 들어가는 장면이요. 그 두 사람은 인생을, 신을 이야기하고 헬렌은 신을 만나게 될 거라고 믿죠. 제인은 잠들어요. 그녀가 일어났을 때 헬렌은 죽어 있었죠.『다른 딸』을 쓰면서 저는 7, 8살 때까지 쓰던 작은 침대에서 언니가 죽었다는 사실을 실감했어요. 저 역시 거기서 파상풍으로 죽을 뻔했고요.

저는 우리가 읽었던 모든 글, 그리고 봤던 영화, 그림들까지도 예술적 가치와 상관없이 그것을 기억하려는 시도를 하면서 자신이 어떤 사람이었고 어떤 욕망을 가지고 있는지를 알 수 있으며, 자신의 역사 속에서 더 멀리 나아갈 수 있다는 것을 확신해요. 왜냐하면 어릴 적 잡지에서 읽은 이후로 저를 떠나지 않는 이야기가 있고, 그 이야기들은 그러니까 저와 관계를 맺고 있으며, 이제는 제가 그 사실을 알고 있기 때문이죠.

예술은 우리가 그것이 우리에게 말하지 않는다고
생각하는 것까지도 말해줘요. 그게 예술의 힘이죠. 문
학의 힘이고, 영화의 힘이고, 미술의 힘이에요. 음악은
조금 더 복잡하지만 실질적으로는 마찬가지죠. 우리가
누구인지, 무엇을 물려받았는지 알고 싶다면, 우리를
구성하는 내면의 박물관에 있는 작품들을 모아야 해
요. 저는 어떤 것에도 영향을 받지 않은, 받은 적이 없는
존재가 있다고 생각하지 않아요. 없죠. 그런 사람은 없
다고 생각해요.

ANNIE ERNAUX

entretiens avec Michelle Porte

JE NE SUIS PAS UNE FEMME QUI ÉCRIT, JE SUIS QUELQU'UN QUI ÉCRIT

저는 글을 쓰는 여자가 아니라
글을 쓰는 사람입니다

저는 오랫동안 여성이라는 정체성이 무엇을 의미하는지 스스로에게 물었어요. 글을 쓰면서 그런 자각을 한 적이 없었기 때문이며, 여성이라는 정체성으로 돌려보내지는 것이 고통의 원천이자 특히 저항의 원천이기 때문이죠. 여성들은 항상, 숨겨진 남성 패권주의의 존속을 정당화하기 위해 여성들의 정체성으로 되돌려보내졌어요. 2000년대에 여성으로 사는 것이 1950년대에 여성으로 사는 것과 다르다고는 해도 이 지배는 계속되어 왔고, 문화 영역에서도 마찬가지였어요. 여성의 혁명은 일어난 적이 없죠. 여전히 해야 할 일이에요.

페미니즘과 관련하여 저의 첫 번째 모델은 제 어머니였어요. 저를 키우는 방식, 세상을 사는 방식, 열정적인, 무슨 일이든 누구든 자신에게 강요하도록 내버려두지 않는 방식에 있어서 그랬죠. 어머니는 저에게 집안일을 도와 달라고 부탁한 적이 없어요. 단 한 번도 없었죠. 가게 일도 마찬가지고요. 15, 16살부터 겨우 이부 자리만 정리하면 됐죠. 저의 모든 시간은 공부와 놀이, 독서에 쓰였어요. 저는 언제든지 원하는 만큼 책을 읽을 수 있었죠. 학교에 가지 않는 아침에는 점심때까지 책을 읽으며 침대에 있을 수 있었어요. 학교에서 이 특권을 자랑했던 일이 떠오르네요. 선생님이 저를 끔찍하게 엄격한 눈빛으로 보셨어요. 침대와 독서… 아마도 거기에 선생님에게는 뭔가 비정상적이고 건전하지 못한 것이 있었던 것 같아요.

18살에 시몬 드 보부아르를 알게 됐죠. 먼저 『건실한 소녀의 기억』은 특별히 와 닿지는 않았어요. 저와는 너무 다른, 특권을 누리는 계층의 어린아이였고 그래서 공감할 수가 없었죠. 그다음이 『제2의 성』, 진정한 깨달음이었어요. 그렇지만 그 당시에는 제가 받았던 남다른 교육과 보부아르의 글을 연결 지어 생각하지는 못했어요. 다시 말해 제가 받은 교육을 살펴보지 않고 덮어둔 거죠. 저는 그때까지 알지 못했던 엄청난 것, 여성의 역사와 여성의 사회적 신분에 몰두하게 됐어요. 1970년이 되어서야 페미니스트 운동의 등장과 함께 제가 받은 교육의 그다지 전통적이지 않은 본성을 실질적으

---

i 한국에서는 처녀시절/여자 한창 때로 출판됨, 이혜윤 옮김, 동서문화사.

로 깨닫게 됐고, 그 점에 대해 어머니께 감사하게 됐죠.

저는 제가 받아 온 교육과 『제2의 성』이라는 이 이중의 영향이 1968년 이후에 널리 퍼졌던, 여성 문학이라는 개념으로부터 저를 대비시켰다고 생각해요. 저는 누군가 자신의 몸으로, 여성의 몸으로 쓴 것을 읽고 들었죠. 저는 제가 글을 쓸 때, 피부와 가슴과 자궁으로 쓴다고 생각하진 않아요. 그러나 머리로, 그것이 전제로 하는 의식과 기억과 단어에 대한 투쟁으로 쓰죠! 단 한 번도, 자, 나는 글을 쓰는 여성이다, 라고 생각해 본 적은 없어요. 저는 글을 쓰는 여성이 아니라 글을 쓰는 사람이죠. 그러나 남성과는 다른 여성의 역사를 가지고 있는 사람이요. 이 역사는 피임과 낙태의 자유가 있기 전이며, 출산에 속박된 최악의 역사였죠. 세상에서, 일상에서 여성들이 경험한 것들은 남성들의 그것과는 달라요. 사실상, 한 여성에게 난관은 ― 저는 그렇게 느끼고 있지 않지만 ― 여성 자신의 경험을 쓰는 것에 대한 정당성을 관철시키는 것이죠. 더욱이 인정받는, 교육되어 온 문학은 ― 그러니까 본보기로 삼는 ― 95%가 남성적이며, 오늘날에도 출산과 같은 여성 특유의 경험들은 단 한 번도 인정받지 못한 반면에, 전쟁과 여행처럼 남성적인 경험에 속하는 글쓰기의 주제들은 대단히 인정받고 있어요.

저의 이야기, 여성으로서 저의 경험으로 쓴 책은『얼어붙은 여자』와『사건』이 있는데, 출판되자마자 조롱을 받거나 소리소문없이 사라져 버렸어요. 마치 그 주제로 인해 이 책들 속의 글이, 작품에 사용된 글쓰기의 방식이 형편없는 것이 된 것처럼, 무효가 된 것처럼. 그리고 그것은 저의 문학적 방식을 얼룩지게 했죠.

그렇다고 해도 제 생각에 글쓰기에서 효력을 나타내는 차이는 성별보다는 사회적 본성인 것 같아요. 남성이든 여성이든, 사회적인 출신이 결정짓죠. 서민 출신 혹은 그 반대로 특권층일 때, 우리는 같은 방식으로 글을 쓰지 않아요. 그것은 분명히 글쓰기에 있어서 여전히 가장 강력한 구성요소로 남아 있죠.

1970년대의 특정 페미니즘에는 매우 불편한 무엇인가가 있었어요. 모든 것이 마치 여성들이 같은 사회적 조건을 겪어 온 것처럼 일어났죠. 부르주아 여성들과 서민 가정 혹은 시골의 여성들 사이에 차이가 없었어요. 그래요, 남성들의 지배는 사회를, 여러 사회를 통과해왔지만, 그러니까 사회적 환경에 따라 다르게 관통

했죠. 저는 지배계층에서 교육받은 여성들과 — 예를 들자면 저의 시어머니 — 저의 어린 시절의 여성들 사이에서 큰 차이를 느꼈죠. 그녀들은 몸도 달랐고 역사도 달랐어요. 몇몇 부잣집 여자애들이 낙태가 허용된 스위스에 쉽게 갈 수 있을 때, 돈도 인맥도 없어 낙태할 방법을 찾는 데 어마어마한 어려움을 겪었던 기억 속에서, 저에게 이 불평등은 민감하게 다가왔죠.

M.P. : 글을 쓰고 싶다는 열망은 어떻게 갖게 됐나요?

A.E. : 19살 때였어요. 저는 매우 불행했죠. 바칼로레아 이후에 고등사범학교에 들어가서 교사 수업을 받았어요. 부모님께 의지하고 싶지 않았죠. 자유가 절실히 필요했고요. 이런 욕망에 시몬 드 보부아르가 어떤 영향을 미쳤던 것 같아요. 교사라는 직업이 자유를 빨리 획득할 수 있는 방법으로 보였죠. 완전한 실수였어요. 기숙사도 사범학교의 이념도 견딜 수 없었고, 무엇보다 절대로 대학에서 문학 공부를 할 수 없을 것 같아서 씁쓸히 후회했죠. 저는 학기 도중에 교육자가 되는 것을 그만두고 불현듯 떠났어요. 어머니도 허락해 주셨죠. 한 달 후에 영국 런던 근교, 핀칠리에서 오페어로 일하

게 됐어요. 깊은 실패의 느낌과 함께 커다란 공허함 속에 살았죠. 아침에는 청소를 했지만 오후에는 일이 없었어요. 영어를 배우는 대신에 책을 많이 읽었고, 게다가 오로지 프랑스 현대문학만을 읽었죠. 핀칠리 공공도서관에는 프랑스 책 서가가 있었거든요. 제가 전혀 알지 못했던 누보로망 책이 많이 있었어요. 결국 정확히 언제, 어떻게 그렇게 많은 책을 읽고, 소설을 쓰고 싶은 열망이 찾아왔는지는 기억이 나지 않아요. 말씀드렸듯이 그해의 일기장을 더는 가지고 있지 않으니까. 그저 8월 말, 어느 일요일, 웨스트피칠리 공원에서 글을 쓰기 시작했던 저의 모습이 생각나네요. 문학 학사 과정을 공부하겠다는 계획으로 10월에 프랑스로 돌아왔죠. 마침내 제가 해야 할 일, 학생으로, 글을 쓰면서 문학에 «남아 있어야»한다는 것을 ─ 그리고 첫 번째 목표는 아니었지만 프랑스어 교사가 되는 것을 ─ 알게된 거예요. 2년 동안 글을 쓰겠다는 열망이 사라진 것은 아니었지만 절대적으로 시험에 합격해야 했고 ─ 장학생이었거든요 ─, 문학«자격증»이라 부르는 커리큘럼, 문법과 문헌학, 외국 문학과 역사는 매우 부담스러웠죠. 소설을 쓰기 시작한 처음 한두 해는 흔적이 남아 있지 않아요. 대학 3학년을 다니면서 겨우 소설 하나를 마무리했죠. 짧고 난해한 개념적인 글이었는데, 아마도 읽기에는 이상했을 거예요. 저는 그것을 쇠이유 출판사 투고 담당부에 보냈어요. 어느 작가를 만나거나 작가에게 제 소설을 보낼 생각은 전혀 하지 못했죠. 그것은 먼, 파리지앵들의 세계였어요. 쇠이유의 장 카롤이 저에게 매우 친절하게 답을 해줬죠. 골자만 말하자면, 제 작품은 야심차지만 그것을 실현시킬 방법을 찾지 못했다고 했어요. 저는 제가 세상을 바라보는 관점인 생각을 토대로 글의 구조를 만들었어요. 즉, 자신의 현실은 과거의 이미지들 — 그러니까 어린 시절의 장면들 —, 현재 우리가 만드는 이미지들, 미래를 나타내는 것들, 우리가 상상하는 모든 이미지들 밖에서는 존재하지 않는다는 거죠. 결국 『세월』에서 사진에서 묘사된 소녀의 생각으로 첫 번째 작품에서는 해내지 못했던 것을 실현하게 되죠.

장 카롤의 거절에 낙담하지는 않았어요. 정말 다시 시작하겠다는 결심을 했어요. 그러나 거기에 저의 여성의 역사, 여성들의 역사가 개입되고 말아요. 여성으로서 제가 글쓰기를 다시 시작하는 것을 방해하는, 가능한 모든 장애물들을 만나게 되죠. 당연히 우리가 말해왔듯이, 우리가 항상 말하듯이, 그것이 제 탓이라고 할 수 있겠죠. 왜일까요? 정말이지 섹스를 하고 임신을 한 것이 왜요? 아니, 그것은 여성들의 탓이 아니었어요. 단지 사회의 잘못이었죠. 그 시절에는 여성들에게 해결책을 제공해 주지 않았어요. 사실상 여성들의 자유를 금지한 거죠. 저는 정면으로 제가 상상하지 못했던 «운명», 선택하지 않았던 번식의 운명을 받아들였어요. 먼저 낙태를 했고, 그 후로 «의무»라고 말하는 급한 결혼을 했고, 원하지 않았지만 받아들였으며 기쁘기까지 했던 출산을 하게 됐죠. 최악의 조건에서 마쳐야 할 학위도 있었어요. 교사 생활의 시작도 마찬가지였고, 교육부는 한 번도 편의를 봐준 적이 없었죠. 집에서 40km 떨어진, 겨울에 눈 덮인 곳으로 발령이 났거든요. 그 모든 것이 훗날 『얼어붙은 여자』를 만들어 낸 거예요.

여름 방학에 아들이 잠든 사이 글을 쓰려고 했지만, 항상 여러 방해가 있었던 것을 기억해요. 글을 쓰고자 하는 저의 열망을 강요할 힘도 없었죠. 저에게 주어진 일들에 비해서 그것이 너무 하찮게 보였거든요. 아이의 교육이나 생계 등을 피할 수 있다고 생각하지도 않앉고요… 남편과의 가사일 분담이 거론되던 시대가 아니었죠. 사회적으로 수용되지 않았으며, 가능한 일이라고 생각되지도 않았어요. 68년 직전에 있었던 일이었지만, 이 전통적인 질서가 여성들의 선사 시대의 것이 되기에는 너무 멀었죠.

아버지의 죽음이라는 강렬한 사건이 글쓰기에 대한 욕망을 바꿔 놓았다고 할 수 있겠네요. 돌아가시기 전날에 아들을 데리고 이브토에 도착했어요. 아버지가 심근경색을 앓으셔서 부모님과 일주일을 보내려고 했거든요. 아버지는 사흘 만에 돌아가셨죠. 지금까지도 저는 그 순간을 지진처럼, 세상이 뒤집힌 것처럼 봐요. 매우 잔인한 생각을 하면서요. 저는 저와 아버지 사이를 갈라놓았던 모든 것을 보았고, 그것은 무엇으로도 보상할 수 없었어요. 저는 저의 경우 특별히 더 성공적이었던 이 문화 변용을 봤죠. 친할아버지는 글을 읽을 줄 모르셨고, 아버지는 농장의 소년이었으며, 노동자, 카페 주인이었는데 저는 그때 막 문학 교수로 임용됐으니까요. 아버지와 저를 완전히 갈라놓는 깊은 구렁에 빠진 거예요. 만회할 가능성은 없었죠. 그 후로는 몇 년 전에 썼던 것처럼 글을 쓴다는 것은 더 이상 생각할 수 없게 됐어요. 그러나 그렇기 때문에 아직 형용할 수 없었던 무엇인가에 대해 써야 했죠. 훨씬 더 시간이 흐른 후에, 사회학자가 저의 상황이 «신분계층 전향자»의 상황이었다는 것을 알려 줬어요. 1960년대 말에는 이런 말이 있는 줄도 몰랐죠.

교육자라는 것 역시 글을 다시 쓰겠다는 열망에는 아니지만, 묻어 놓았던 것을 일깨우는 데에 있어서 큰 역할을 했어요. 아버지가 돌아가시고 첫해, «실습»반이라고 하는, 직업자격증 시험을 준비하는 6학년 학생들을 맡았어요. 처음에는 거부했지만, 그 학생들 안에 저의 일부가 있다는 것을, 그들이 제 안에 있다는 것을 인정하게 됐죠. 고등교육을 받는 동안 제가 자랐던 세계, 12살, 15살이었던 소녀를 잊어버렸는데, 갑자기 예전에는 한 번도 스스로에게 묻지 않았던, 어디서도 묻지 않는 질문들을 강요하는 아이들, 청소년들과 함께 있게 된 거예요. 부모들이 책을 읽지도 않고 아이들을 극장에도 데려가지 않는, 문화 밖에 사는 젊은이들에게 제가 아름답다고 생각하는 것을 어떻게 전달하며, 어떻게 좋아하게 만들까? 저는 그 젊은이들의 태도와 그들의 언어, 그들의 환경과 어쩌면 제가 일종의 화신이자 동력전달 벨트가 된, 교양 있는 세계 사이의 격차를 분명하게 헤아려 봤어요. 그들은 저와 출신이 같았죠. 저는 스스로에게 물었어요. 내가 가르치는 것이 그들 안에서 무엇이 될까? 그들 대부분은 자신들이 속한 세계의 한계를 통해 현재와 미래를 보고 있었죠.

《각자 타고난 운이 있는 거지》라고 어느 정도 가볍게 말하는 것과, 그것을 프랑스어 수업 시간에 체험하는 것은 전혀 달라요. 왜 이런 것인지, 무엇을 해야 하는지를 끊임없이 자문하게 되죠.

이 모든 것들은 글로 쓰기에 너무 무겁고 어려웠어요. 시간이 필요했고 그러다가 1970년대 초에 그것이 제가 유일하게 해야 할 일이 되죠. 『빈 옷장』— 이 책을 말하는 거죠 — 은 본질적인 것, 분명 영원히 저를 결정지었던 것으로의 회귀예요. 그것이 세상을 보는 저의 시각을 결정지었고, 그러니까 글 속에서의 제 시선을 결정지었죠. 제가 태어난 세상은 제가 학업을 통해서 도달한 세상과는 근본적으로 달라요. 저의 조부모님들은 농부 출신이었고, 오해는 마세요, 땅을 소유한 농부가 아니라 소작농들이셨어요. 제 부모님, 그들의 가족들, 손님들, 우리 주변에 있던 사람들은 노동자 출신이

거나, 노동자이거나, 잘 된 경우가 사무원이었죠. 부모님은 늘 두려움 속에 사셨어요. «다시 노동자로 전락하는» 것이 무섭다고 말씀하셨어요. 그렇지만 그것은 훨씬 광범위한 것, 오래된, 뿌리 깊은 두려움이자 그들의 한계에 대한 확신이었어요. 저는 에토스(ethos)와 존재의 방식, 생각하는 방식조차 달랐던 세계를 지나왔죠. 그 충격은 여전히 제 안에, 육체적으로도 남아 있어요. 어떤 상황들은… 아니, 쑥스러움이나 불편함이 아니라, 자리, 마치 저의 진짜 자리가 아닌 것 같이, 진짜 그곳에 있지 않으면서 그곳에 있는 것처럼 느껴져요.

대부분 사교적인 상황들이 그렇죠. 저의 최초의 세계, 지배받는 세계를 어떤 관점에서 보면 그 자체로 부정하는 세계, 지배당하지 않는 사람들의 세계를 마주해야 하는 상황들이요.

그 모든 것들이 존재하지 않는 장소가 바로 글이에요. 글은 하나의 장소이죠. 비물질적인 장소. 제가 상상의 글을 쓰지 않는다고 해도, 기억과 현실의 글쓰기 역시 하나의 도피 방식이에요. 다른 곳에 있는 거죠. 항상

---

i 일반적으로 민족적, 사회적 관습을 뜻함. (두산 백과사전 참조)

글쓰기를 생각하면 떠오르는 이미지가 있는데, 바로 침수하는 장면이에요. 내가 아닌, 그러나 나를 거친 현실 속으로의 침수. 저의 경험은 통과의 경험 그리고 사회 세계의 분리의 경험이죠. 이 분리는 현실에서 존재해요. 공간의 분리, 교육시스템의 분리, 별로 아는 것 하나 없이 16살에 학교를 떠나는 아이들이 있는 반면에, 어떤 아이들은 25세까지 계속 교육을 받아요. 사회 세계의 분리와 저라는 존재를 통과한 분리 사이에는 상응하는 것이 있고 우연의 형태가 있어서, 저에게 있어서 글쓰기란 제 인생에 흥미를 갖는 일이 아닌, 이 분리의 메커니즘을 이해하는 일이 되게 만들어요.

ANNIE ERNAUX

entretiens avec Michelle Porte

SORTIR DES PIERRES DU FOND D'UNE RIVIÈRE

강바닥에 있는 돌을 꺼내기

M.P. : 당신 인생의 어떤 시기에 『빈 옷장』을 쓰셨나요?

A.E. : 커다란 혼란의 시기였죠. 억지스러운 삶을 살던 시기이기도 했고요. 일 년 전부터 현대문학 교수 자격증을 소지하게 됐고 ― 교사로 계속 일하면서 통신 강의를 들으며 시험을 준비했어요 ― 저의 어린 시절, 어린 시절의 세계와 제가 지금 살고 있는 세계 사이의 틈에 대해 써야 할 필요성에 사로잡혔어요. 저는 파리의 유명 고등학교의 학생들이 아닌, 근교의 다소 산만한 학생들에게 프랑스 문학과 프랑스어를 가르치는 세련되고 기품 있는 교사이며, 제 아이들 아빠와의 생활은 점점 더 유지하기 어려워졌죠. 몇 주 만에 흥미와 필요성이 사라져 버린 마리보에 대한 논문을 쓰고 있었고요. 이 모든 것들이 절망의 부식토를 만들었어요. 절망, 그러나 아버지가 돌아가신 이후로 제 안에 가진 것들을 글로 쓸 수 있다면, 제가 책에서 «더러운 빨랫감들

이 든 가방»이라고 부르게 되는 그것을 열 수 있다면, 어떤 면에서, 네, 저는 구원받을 것이라는 느낌도 들었어요. 그것은 생존의 작업이었죠. 시작할 때는 무슨 일이 일어날지, 무엇이 찾아올지, 또 어떻게 올지 알지 못했어요. 다만 제 소설에 대한 흐릿한 사진 같은 비전은 있었어요. 1972년 10월에 찾아온 일은 잔인했죠. 6개월 전, 저는 분석적이고 객관적인, «적절한» 글을 몇 페이지 쓰기 시작했는데, 계속할 수 있게 해주는 도약점을 찾지 못하고 있었어요. 제가 받은 불법 낙태 수술에서 출발하면서부터, 그것으로 소설의 시간적 틀을 만들면서부터, 저를 이끌었던, 계속해서 저를 이끌었지만 그 폭력성의 정도조차 헤아리지 못했던 이 고통스러운 글쓰기가 저에게 찾아오게 됐죠. 제가 원했던 것은 정의와 진실, 먼저 자신의 환경에 적응하며 사는 소녀 그다음은 사춘기 시절의 상처, 가족에게 느끼는 수치심, 자신의 뿌리를 잊기 위한 노력과 결국 부르주아층 남자아이에게 버림받음을 느끼게 하고 이해시키는 것이었죠. 출판을 생각하진 않았어요. 물론 제가 책을 쓸 것이라는 것을 알고 있었지만, 글을 쓰는데 있어서 보호책, 검열 같은 것이 없었다는 말을 하고 싶은 거예요. 저는 한 가지, 글을 끝까지 쓰는 것만 생각했죠. 나중 일은 나중에 생각하기로 하고요.

저를 강력하게 붙들었던 것은, 제 작업의 정치적 목적이었어요. 어린 시절의 카페 식료품점의 세계로 거슬러 올라간다는 것은, 서민적인 세계의 문화를 그리는 것과 동시에 우리가 그것에 의해 형성되어졌을 때 그 문화가 아닌 것과 교양 있는 시선이 무시와 거만함으로 판단하는 것을 보여주는 것이었죠. 한 인간을 다른 사람으로, 자신의 환경을 적으로 만드는 메커니즘을 밝히는 일이 저에게는 중요했어요. 문화에 대해, 하나의 문화 형태가 개인에게 한 일, 이 단절에 대해 논의하는 것이었죠. 결국 글의 폭력성은 이런 것들을 이야기하는 데 가장 적합했고요.

다음 두 책,『그들이 말하는 것과 말하지 않는 것』,『얼어붙은 여자』에서 저는 여전히 폭력적인 글을 쓰며 결국 폭력성을 내보이게 되죠.『빈 옷장』을 출간하자마자, 아버지에 대한 글을 같은 톤으로 쓰기 시작했어요. 잘 되어가지 않는다고 느꼈지만 이유는 알 수 없었죠. 제 기억으로는, 다음과 같은 사회정치학 차원의 분석 작업이 필요했던 것 같아요 : 나는 노동자인 아버지의 딸로 문학 교수가 됐고, 아버지에 대한 글을 쓰려고 하며, 독자들에게 — 대부분 최소 중산층에 해당하는 — 한 존재에 대한 이야기와 그들이 자신들의 세상에 속하지 않는다고 여기는 문화에 대한 묘사를 제공하려고 한다. 저는 『빈 옷장』에 적용된 폭력적인 글쓰기가 이번에는 «나»라는 화자가 아닌, 저의 아버지 «그»에게 적용되어야 하며, 그에 대한 글을 쓰는 «우월성»을 가진 저와, 특히 독자와 관련하여 그를 피지배자의 위치에 둬야 한다는 것을 깨달았어요. 어떻게 보면,『빈 옷장』의 조롱하는 글쓰기는 저를 지배하는 쪽에 두었고, 저의 지배력으로 거리를 둘 수 있었죠. 이 모든 것이 복잡해 보이지만, 자신이 가사도우미나 농부 출신인데 누군가 양심에 거리낌 없이 가사도우미 혹은 «촌놈»에 대해 신랄한 혹은 빈정거리는 의견을 내놓았을 때 느낄 수 있는 불편함과 비슷한 거예요. 가까운 사람을 건드리는 지배의 표현에 공모했다는 불편함이요. 저는 아버지가 겪은 지배에 — 실제로 — 글에 의한 지배를 더하고 싶지 않았어요. 이 지배에 덧붙이는 방법은 두 가지가 있는데, 사회적 참상 묘사주의 — 적대감만을 보여주기, 묘사를 비관적으로 하기 — 와 포퓰리즘 — 경제적인, 문화적인 지배에 속하는 모든 것들을 감추고 지우는, 노동자 신분의 위대함이라는 찬사를 보여주기 — 이죠. 이 양쪽의 함정에 빠지지 않기 위해 제가 생각했던 유일한 방법은, 제가 썼던 사실을 바탕으로 하는 «단조로운» 글쓰기였어요. 그렇지만 기사 형식의 글을 말하려는 것은 아니었죠. 어떤 것도 추구하지 않는 확인된 사실의 글쓰기, 가치에 대한 판단을 철저하게 없앤, 현실에 가장 가까운, 정서를 벗겨낸 글쓰기. 그것은 저의 것이었던, 결국 더 이상 저 자신을 분리하지 않게 된 세계의 바람과 한계를 느끼게 만들기 위해, 필요한 단어만으로 아버지의 세계에 뛰어드는 일이었죠. 그렇게 『남자의 자리』에서는 — 물론 그 책을 이야기하고 있는 거예요 — 더 이상 폭력성이 표현되지 않았어요. 말하자면 그것을 감정처럼 «억누른 거죠».

『남자의 자리』를 쓰기 시작하면서, 아버지의 죽음에 대한 이야기를 쓰게 되면서, 제가 쓰는 단어들이 아버지 옆에, 그들 옆에 살면서 제가 받았던 필요성과 제약에 대한 감각에 가장 가깝게 옮겨져야만 한다고 느꼈어요. 글의 짜임에 그들의 언어, 그러니까 세상에 대한 그들의 시각을 넣는 것만큼 이 감각을 잘 표현할 수 있는 것은 없었죠. 통사적 짜임이요. 효과도 은유도, «사치스러움»도 없는… 어쨌든 그렇게 조금씩 나아가면서『남자의 자리』의 글을 «적절하다»고 느끼게 됐죠.

저는 글을 쓸 때 «이것이다»라고 생각하는 감정에만 의지해요. «이것이 아니다»면 계속 쓸 수 없죠. 어쩌면 제가 아닌 어떤 것에 저를 맡기는 것일 수도 있어요. 제가 현실이라고 느끼는 것으로부터 벗어난 어떤 것이요.

M.P. :『남자의 자리』그리고 당신의 다음 작품들이 놀라운 점은, 늘 구체적인 것에서부터 출발한다는 거예요.

A.E. : 20년 전에는 이유를 설명할 수 없었을 거예요. 이제는 추상적인 것, 물질적인 형태가 없는 것들은 문제가 있어 보여요. 추상적인 것이 구체적인 이미지 형태로 나타나야 한다는 말을 하고 싶은 거죠. 저는 저를 아이디어로 이끄는 내면화된 시각적인 이미지, 또 현실의 이미지만을 가지고 글을 쓰거든요. 아이디어, 아이디어는 먼저가 아니죠. 그것은 나중이에요. 예를 들

자면 아이디어는 정말 사물의 확실함을 가진 강렬한 추억에서 나와요. 추억은 사물이에요. 단어도 사물이죠. 돌처럼 그것들이 느껴져야 해요. 어느 순간이 되면 페이지에서 이동하는 것이 불가능해야 하고요. 만약 그 상태가 되지 못한다면 저에게 이 단어와 문장이라는 물질은 적합하지 않은 것, 근거가 없는 것이 되죠. 이 모든 것은 상상의 세계에 속해 있어요. 물론 글에서의 상상의 세계를 말하는 것이고요. 저는 글을 쓴다는 것이 강바닥에 있는 돌을 꺼내는 일과 같다고 생각해요. 바로 그거죠.

M.P. : 자주 사진에서부터 출발하시죠. 예를 들어『세월』이 생각나네요.

A.E. : 사진은 글쓰기의 시동 장치 역할을 해요. 사진에는 과거의 기묘한 측면이 있죠. 거기에 없는, 혹은 더 이상 그렇게 있지 않은 존재들이 존재해요. 존재하면서 부재하죠. 게다가 사진은 소리가 없어요. 이런 특징들이 저로 하여금 출발점으로 삼고 싶게 만들거나 사진을 보면서 느낀 것들을 바탕으로 글을 쓰고 싶게 만들어요. 저에게 사진은 실재의 것이죠. 저도 알아요. 누

군가는 사진이 속임수일 수도 있고, 요즘은 사진으로 원하는 것을 할 수 있으며 혹은 사진이 이미 현실의 재해석이라고 저의 의견에 반대할 수도 있겠죠. 그러나 제가 말하는 것은 그런 사진들이 아니에요. 제가 말하는 사진은 가족사진 혹은 아니, 사람들을 표현한 사진들이죠. 저는 풍경 사진에는 별로 관심이 없어요. 남자들, 여자들의 사진이 저를 글 쓰게 만들어요. 저 자신은 사진을 찍지 않거나 찍는 일이 매우 드물어요. 그것이 저에게는 제약이나 여행에서 감정의 흐름을 깨는 일, 다시 체험하는 즐거움은 전혀 없이, 《다시 본다》는 즐거움의 가정을 위해 현재를 망치는 일처럼 보이거든요. 다시 체험하는 것을 가능하게 하는 것은 기억과 글쓰기예요. 저는 옛날 사진들을 보는 것을 좋아해요. 어떤 질서가 있는 사진들이요. 어쩌면 죽음의 질서일까요?

저는 사진이 생(生)보다는 죽음 쪽에 있다고 생각해요. 아니 오히려 죽음, 소멸 쪽에서 고찰한 삶이죠. 사진은 정지된 시간일 뿐이에요. 그러나 사진은 구원할 수 없어요. 아무 말이 없으니까요. 저는 오히려 그것이 과거의 고통을 파고 들어간다고 생각해요. 글은 구원하죠. 그리고 영화도요. 어쩌면 그림도? 모르겠네요. 그러나 무엇보다 글이 그래요.

M.P. : 당신이 글을 쓰는 것은 구원을 위해서라는 느낌이 들어요. 순간을 구하는 것, 구하기… 예를 들어 당신이 어머니에 대한 글을 쓸 때, 이를테면 당신이 어머니께 다시 생명을 드리는 것처럼.

A.E. : 저는 그것을 느꼈어요. 글쓰기의 놀라운 그 가능성이요. 제가 어머니에 대한 글을 썼을 때는 생명을 다시 드리기보다는 구원하기 위한 것이었죠. 어머니가 투병하시는 동안 기록을 했어요. 병원에서 어머니에게 방문 기록을 남겼죠. 그러나 그것은 무엇보다 그녀의 병, 알츠하이머를 견디기 위한 것이었어요. 저만의 견디는 방식이었던 거죠. 어머니는 갑자기 돌아가셨어요. 그래서 거의 광적으로 어머니에 대한 글을 써야 한다고 느꼈죠. 어머니의 무엇인가를 구원하기 위해서요. 어머니의 삶, 한 여성의 일생. 그 병까지 구해내는 것, 전부를 구원하는 것이요. 전에는 그런 것을 느끼지 못했죠. 제가 글을 쓰며 하는 모든 것들이 구원하는 일이었다는 것을 이렇게 분명하게 알지는 못했어요. 『바깥

의 일기』에서는 현재를 구했어요.『세월』에서는 남성
들, 여성들, 우리들, 분명 모두 같은 방식은 아니겠지만
우리가 겪어온 것들을 구원했죠. 저는 제가 겪었던 일
들을 다른 사람들 역시 겪었을 것이라는 확신이 있어
요. 독서를 통해 그런 생각을 하게 됐죠. 문학에서 저를
위한 무언가를 찾아냈으니까요. 프루스트에게서, 조르
주 페렉에게서. 우리가 스스로에게, 무의식이 «나도 그
래»라고 말하게 하는 것들이요. 그러면 자신 안에 빛이
생기죠. 그것이 프루스트가 말하는 «빛을 얻은 삶»이고
요. 25살에 페렉의『사물들』을 읽었을 때, 그 책이 절제
없는 소비의 길에 들어선 젊은 부부인 저 자신의 삶을
이야기한다는 것에 사로잡혔어요. 누군가 당신에게 일
어난 일, 당신이 겪은 일을 쓴다면, 당신이 다른 이를 위
한 무언가를 구원하는 것이기도 하죠.

저는『한 여자』가 저의 어머니만을 다룬 책이라고
생각하지 않아요. 노동의 삶, 그 시대 여성의 삶을 쓴 거
죠. 그러나 글을 쓰기 시작하면서 절대 제가 구원해야
할 것들을 생각하진 않아요. 절대 그렇지는 않죠. 그건
저의 관심사가 아니에요.『세월』에서 가장 우선시한 목

표는, 한 여성의 존재를 남성과 여성의 존재에서 출발하여 역사 속에 새기는 것이었어요. 당연히 제가 직접 겪었던 일을 통해 그러나 세상의 변화를 기반으로, 거리를 두는 방식으로 써야 했고요. 저의 기억에 여러 기억들을 섞는 거죠.『남자의 자리』에서 그랬듯이 알맞은 형식을 찾는 데, 생각하는 데 시간이 오래 걸렸어요. 1인칭 «나»로 시작을 했죠. 20페이지 정도 썼을 때 «나»를 지우고, «비개인적인» 자서전을 과감하게 시작해야만 한다는 것을 느꼈어요. 제 사진을 묘사할 때 조차도요.

글쓰기는 수고스러운 일이죠. 저는 글쓰기를 위한 글을 쓰는 것이, 해야 할 말이 안이함 속에 지워지는 것이 두려워요. 그저 책을 한 권 더 쓰는 것에는 관심 없어요. 그런 경우라면 절필을 하는 것이 낫겠죠. 앙드레 브르통은 평소 습관대로 큰소리를 치며 이런 말을 했어요. «아무 할 말이 남지 않았다면, 입을 다물었으면 좋겠다!» 저도 그렇게 생각해요. 책을 쓰는 일은 늘 하나의 큰 사건이어야 하고, 책의 마지막까지 써 내려가야 하죠. 그래야 무언가를 «했다»는 느낌을 받게 돼요. 저는 이 «한다»는 욕망이 저의 어린 시절과 큰 연관이 있을 것이라고 생각해요. 사실상 지적인 작업을 한다는 것은 노동을 하지 않는다는 뜻이었으니까요. 부모님에게 저는 일을 하는 사람이 아니라 배우는 사람이었죠. 그 둘은 전혀 달라요. 일을 한다는 것은 손으로 하는 것이었어요. 저는 주변에서 손으로, 몸으로 일하는 사람들밖에 보지 못했죠. 그렇기 때문에 아마도 책이 강도 높은 노동의 결과물이어야만 세상에 나올 수 있다고 여기는 것 같아요.

M.P. : 그렇지만 역시, 흔적을 항상 남기고 싶다는 욕구이기도 하죠?

A.E. : 글을 쓰는 것은 이름이나 사람으로서 흔적을 남기는 게 아니에요. 시선의 흔적을 남기는 거죠. 세상에 대한 시선이요. 저는 많은 사람들이 가진 현재의 욕망을 이해하고 있어요. 자신들의 삶을 쓰고 싶어 하죠. 예술적인 고민 없이, 즉흥적으로. 변화하는 불확실한 세상에 자아의 분산과 공동의 기억의 소멸이 각자 흔적을 남기고 싶다는 욕구를 갖게 만들어요. 이 땅에 머물렀다 간 것을 증언하고 싶은 거죠. 생물학적인 의미로 생명을 물려주는 것만으로는 충분하지 않으니까.

우리는 생각과 이미지, 하찮은 것까지도 보존되기를 원하죠. 단지 그것이 일어난 일이었다는 이유로, 이미 지나간 것이니까. 저도 그런 욕구가 있어요. 그러나 그것을 지식의 욕구와 분리하지는 않아요. 글쓰기는, 정말 글을 쓴다는 것은 지식을 겨냥하는 일이죠.

사회과학, 철학, 역사, 정신분석학 같은 지식이 아니라, 감정과 주관성을 통과하는 또 다른 지식이요. 예전에 우리가 문체라고 불렀던 것에 누가 의존하나요? 더는 문체라고 부르지 못하죠. 문체란 무엇인가요? 그것은 말로 표현할 수 없는 자신의 깊은 내면의 목소리 그리고 언어, 언어 자원 사이의 협정이에요. 자신의 어린 시절과 자신의 이야기가 만든 이 목소리를 언어에 주입하는 데 성공하는 것이죠.

이것을 설명하는 것은 어렵지만, 글을 쓰면 느껴져요. 심리학이나 사회학 혹은 정신분석학을 하는 것이 아니라는 것을 느끼죠. 저도 과학적인 지식을 이용할 때가 있긴 하지만요. 부르디외[i]의 사회학에 많은 것을 빚졌지만 제가 부르디외가 《되려고》 하지는 않아요.

---

i 프랑스의 사회학자이자 참여지식인.

ANNIE ERNAUX

entretiens avec Michelle Porte

DANS LE VIF

핵심으로

M.P. : 정확하다는 개념에 대해서 말해 주실 수 있나요? 또 당신이 생각하는 글쓰기와 관련된 위험도요.

A.E. : 제가 글을 쓸 때 정확하다는 느낌은 명백함처럼 필요불가결한 어떤 것이죠. 우리가 누군가를 사랑하면, 열정에 젖으면 스스로에게 묻지 않고 나아가잖아요. 확신을 갖고요. 무언가 도래할 것이라고 확신하죠. 글을 쓰면서도 마찬가지예요. 이 명백한 감정이, 이 확신이 책을 쓰는 내내 지속된다는 말은 아니에요. 의심하고 재검토하는 순간이 있죠. 그렇지만 시작할 때는 이 감정이 저에게 필요해요. 그 이후부터는 아무것도 저를 막을 수 없죠. 위험하다는 느낌조차도요. 위험하다는 느낌은, 그것이 바로 지시이니까, 책을 써야 한다는 필요성이 내리는 지시요. 저는 거의 모든 책들을 이 감정으로 썼죠. 그것도 지속되지는 않아요. 글을 쓰면서 점차적으로 사라지죠. 그렇지만 시작할 때만큼은 그 감정을 필요로 해요. 써야 할 책이 제 존재 안에 구

명을 만들어야만 하죠. 다른 존재들을 감동시키고, 다른 존재 안에 구멍을 뚫기 위해서요.

저는 자주 위험이라는 것을 명확하게 파악해내지 못해요. 『얼어붙은 여자』를 쓰면서, 그 소설이 저희 부부를 파경에 이르게 할 것이라고 생각하지 못했죠. 그렇지만 어쩌면 무의식적으로 저의 인생에 무언가를 촉발시킬 목적으로 썼는지도 몰라요. 대신 다른 위험을 — 제가 글을 쓰도록 강력하게 부추기는 — 인식하고 있었어요. 제 책이 여성해방운동 전선에 포함되지 못하는 위험, 하물며 여성 신문에는 말할 것도 없이 «읽을 만한 가치가» 없다고 여겨져서 받아들여지지 않는 위험이요. 실제로 그런 일이 일어났어요. 어떤 이들에게는 저의 이야기가 충분히 급진적이지 않았고, 또 다른 이들에게는 너무 지나쳤죠. 규범적인 이야기가 — 여성들이 해야 했던 것 — 아니었던 거예요. 저는 여성으로서 저 자신의 길과 여성으로서 저의 현실을 탐구했어요.

『부끄러움』은 몇 해 동안 망설였어요. 글 앞에서 물러섰죠. 아버지가 어머니를 죽이려고 지하실에 끌고 갔던 행동을 말하는 것, 저에게 위험은 그 장면을 묘사하는 데 있었어요. 마치 그다음을 더 이상 쓸 수 없을 것처럼, 금기를 어겨서 받는 일종의 벌처럼. 생각해보면, 저는 제 책의 근원에서 항상 위험한 무언가를 찾았던 것 같아요. 분명 조금 모호한 것들에 연결되어 있겠죠, 잘 모르겠네요.

위험은 그다지 내용 안에 있지는 않아요. 형식 안에 있죠. 『세월』의 경우 위험은 인물의 부재, 소설적인 흐름의 부재였어요. 모두가 1945년에서 2007년 사이에 일어난 역사를 알고 있으니까 그다음 이야기를 기대하지는 않죠. 이 비개인적인 구조를 받아들이기 전까지, 결심하기 전까지, 일종의 두려움을 가지고 오랫동안 그것을 지켜봤어요. 책이 나올 때도 여전히, 정확히 말하자면 도저히 읽을 수 없는 글인 것 같다는 느낌이 들었지만, 그런 식으로 썼다는 것에 행복했죠.

인생의 어느 순간부터 저에게 글쓰기는 재단하는, 절단하는 제스처의 모습을 가지고 있었어요. 칼 같은 글쓰기. 이제는 그런 이미지는 덜해졌죠. 어쩌면 그 후에 프레드릭 이브 자네와 함께했던 인터뷰집의 제목이 되었기 때문일 수도 있어요. 자신 안에서 이미지들도 소모가 되죠. 그렇지만 여전히 겉으로 드러나 있는 것들을 찢는 일이에요. 글쓰기는 현실을 보여 주기 위해 겉으로 드러난 것들을 찢는 거죠. 제가 절대 생각할 수 없는 비유들이 있어요. 어떤 것을 그 이상으로 가볍게 쓰는 방식도 생각할 수 없죠. 저는 할 수 없어요. 저는 핵심으로 들어가서 써야 해요.

M.P. : 그것이 당신의 글을 정치적으로 만드는 걸까요?

A.E. : 한 권의 책이 갑자기 사회 질서를 바꾸고, 생각하는 방식의 변화를 당장에 유도할 수 있다고 생각하지 않아요. 하지만 글쓰기가 세상의 현실을 더 인식하는 방향으로 갈 수는 있죠. 아닐 수도 있고요. 그렇지만 선택할 수 있다고, 자신의 글쓰기의 행동 영역을 선택할 수 있다는 확신이 서진 않네요. 저는 우리가 단숨에 자신이 원하는 글쓰기에 의미를 부여한다고 생각해요. 제가 22살이었을 때, 일기장에 «나의 종(種)에 복수하기 위해 글을 쓸 것이다»라고 적었죠. 저의 출신인 사회적 계급에 대해서 말하고 싶었던 거예요. «종(種)»이라고 쓴 것은 분명 랭보의 고함, «나는 아주 옛적부터 하등의 종 출신이다» 때문이었을 거예요. 또 «종(種)»이란 표현

이 피지배자 세계에서 저의 소속인 «계급»보다 더 강렬하게 남기도 했죠. 비록 제가 썼던, 쇠이유 출판사에 보냈던 그 글이 정치적인 것과는 거리가 멀었다고 할지라도요.

10년 후,『빈 옷장』은 의식하고 정치적으로 쓴 책이에요. 반대를 썼죠. 문화적인 지배의 형태에 반하여, 경제적인 지배에 반하여, 1972년의 불법 낙태를 강요당한 여성들을 지배한 것에 반하여, 제가 가르치는 언어, 정통적 언어에 반하여, 구조를 상실한 구문 구성에 서민적인 단어, 노르망디의 단어들을 전달하는 언어로 글을 쓰는 방식을 선택했어요.『빈 옷장』은 어떤 면에서 모든 것이 «반대» 방위(方位)이죠. 그러나 «반대»와 마찬가지인, 또 다른 방식의 글쓰기도 있어요. 마치 현실이 스스로 모습을 드러내듯이, 그저 보여 주는 것이죠. 글이 투명할 수 있게, 화자의 감정에 붙잡히지 않도록, 화자와 그가 표현한 것들 사이에 칸막이가 없도록, 그것이『남자의 자리』의 글쓰기예요. 어쩌면 폭력적인 것보다 더 효과적이지 않을까요. 그렇지만 저는『빈 옷장』의 폭력성으로 시작해야만 했어요.

M.P. : 사실상 당신의 모든 책에서 당신은 세상의 지배적인 시선에 반대하고 있어요.

A.E. : 그것은 차라리 저에게 글쓰기가 의미하는 것의 결론이라고 말해야 할 것 같아요. 사회적인 현실 속으로 하강하는 것이죠. 여성들의 현실, 역사의 현실, 우리가 공동으로 함께 겪은 것들 속으로, 그러나 제가 개인적으로 겪었던 것들을 통해서요. 체험 속에는 계속해서 질문받기를 요구하는 거대한 무엇인가가 있어요. 살기 위해서 살 수도 있죠. 행복하기를 원하면서, 행복하기 위해 애쓰면서. 그렇지만 산다는 것이 혹은 경험했던 것이, 보았던 것, 들었던 것이 늘 의문으로 남아 있는 사람들도 있어요. 아무것도 당연한 것이 없는 거죠. 그래서 결국 경험을 통해 당신에게 주어진 것을 알기 위해, 이해하기 위해 애쓸 필요가 있는 거예요. 그것이 지식을 겨냥한 글쓰기이며, 경험한 지식, 실질적인 지식이 배어 나오는 글쓰기이죠.

그러나 상상은 경험 안에서 엄청난 자리를 차지해요. 그것은 제가 인생에서 일 년 넘게 열중했던 대상이었고, 그래서 경험한 것을 상상하는 방식에 대해 스스로에게 질문을 던지게 됐죠. 에디트 피아프의 노래를 상상하는 방식? 페드로를 상상하는 방식? 감성적인 소설을 상상하는 방식? 그러나 글쓰기는 전혀 달랐죠. 순수한 묘사가 절대적으로 필요했어요. 어쩌면 모든 모델에 반대하기 위해. 여기서 칼 같은 글쓰기라는 표현이 완벽히 들어맞죠. 열정의 현상들, 행동, 몸짓, 하찮게 보이는 모든 것들, 그러나 그것을 느끼는 사람의 시각으로 보면 그렇지 않은 것들만을 그리기를 원했으니까. 그렇지만 그 책이 다른 사람들에게 얼마만큼 열정을 경험하는 방법을 가져다줬는지는…

M.P. : 그렇다면 어떤 면에서 당신은 프루스트와 비슷한 건가요?

A.E. : 네, «진짜 인생, 마침내 드러난, 밝혀진 인생, 실제 경험의 결과로 나온 유일한 인생은 바로 문학이다»라는 프루스트의 문장은 저에게 자명한 이치죠. 드러난, **밝혀진 인생**, 이 표현이 중요한데, 사람들이 이 문장을 인용하면서 자주 잊더라고요. 문학은 인생이 아니에요. 문학은 인생의 불투명함을 밝히는 것이거나 혹은 밝혀야만 하는 것이죠.

ANNIE ERNAUX

entretiens avec Michelle Porte

ÉCRIRE C'EST UN ÉTAT

글쓰기, 그것은 하나의 상태예요

M.P. : 당신이 오랫동안 계획했던 그 책, 『세월』은 결국 당신의 인생에서 아주 어려웠던 시기에 시작하셨어요.

A.E. : 1980년대 중반 즈음, 제가 40대 중반이었을 때 그 책을 생각하기 시작했어요. 저는 스스로에게 내 인생은 무엇인지, 내 뒤로 무엇이 남아 있는지를 물었고 충격을 받았죠. 지금의 세상과 1950년대 제 유년 시절의 세상, 집에 안락한 시설과 티브이가 없었던 세상, 피임이 존재하지 않았던 도덕적으로 엄격했던 사회 사이에 더 이상 어떤 공통점도 없었거든요. 유치원에 들어갔었던 것 같은데 벌써 대학에 다니거나 대학에 들어가려고 하는 아들들을 보며 시간의 빠른 속도도 느꼈죠. 이런 문제 제기에는 글쓰기밖에 해결책이 없었어요. 저는 정말 방황했죠. 그렇게밖에 말할 수가 없어요. 이 책의 형식을 찾는데 몇 해 동안 방황했어요. 그 시간 동안 『부끄러움』, 『사건』, 『집착』 같은 다른 글들을 썼죠.

2002년에는 유방암 진단을 받았어요. 갑자기 책의 형식에 대해 더는 품어야 할 의문이 없어진 것 같았죠. 저는 마침내 이전에 쌓아왔던 메모들을 모두 이용해서 작업을 시작하게 됐어요. 마치 이전까지는 비개인적인, 집단적 형식의 글쓰기를 스스로에게 허락하지 않았던 것처럼, 또 작업의 방대함에 엄두가 나지 않았던 것처럼. 그리고 글 안에서 저의 사진을 그리겠다고 생각했죠. 대신 저 자신을 «그녀»로 부르면서요. 글 안에 여성의 육체, 여성의 역사를 넣어서 실제 세월의 흘러감을 구현하는 방식이었죠. 그렇게 이야기가 «돌아가기» 시작했어요. 『세월』이라는 제목은 완성하기 2년 전에 마치 다른 제목을 붙이는 것이 불가능하다는 듯이 떠올랐어요. 저는 약 20년째 제가 쓰는 글의 주제가 무엇보다 시간이 아닐까 생각하고 있어요. 시간과 기억이요. 점점 더 그런 것 같아요.

M.P. : 미래보다는 과거로 향하기 위해서인가요?

A.E. : 과거와 미래 사이의 대조가 아니에요. 후회하는 과거도 아니고요. 저에게 요구된 것은 존재를, 그들의 생각을, 그들의 믿음과 취향을 바꾸는, 그렇기 때문

에 불변하는 정체성을 말할 수 없는 범위 내에서의 시간이죠. 어쩌면 각자 우리 내부에 변질되지 않는 무엇인가가 있을지도 모르지만, 우리는 그 단단한 씨가 무엇인지 몰라요.『세월』은 끊임없는 변화 그리고 세상을 한 가지 관점만으로 보는 것은 불가능하다는 시선을 바탕으로 만들어졌죠. 제가 쓰는 글에는 항상 은연중에 미래의 의미, 미래가 어떻게 될 것인지를 말하는 측면이 있어요. 그러나 그것이 어떨 것이라는 확신은 절대 없죠. 그런 메시지는 전혀 없어요…

M.P. :『세월』의 마지막에 «다시는 돌아갈 수 없는 시간의 무언가를 구하는 것»이라고 쓰셨죠…

A.E. : 구하는 것, 네, 글을 통해서요. 그러나 저 자신만을, 저의 인생을 개인적인 사건의 합으로써 구한다는 것이 아니에요. 그럴 수는 없죠. 시대와 우리가 살았던 세상, 우리가 살고 있는 세상을 동시에 구해야만 해요. 가장 일상적인 것부터, 단순하게 길에서 마주치는 사람들, 아주 멀리 있는 장면들까지. 우리가 좋아했던 것, 노래들, 어쩌면 가치는 없지만 우리가 기억하고 있는 책들을 구하는 것이죠. 거기에는 아마, 경험했던 과

거의 모든 것을 재현하겠다는 완벽을 향한 커다란 욕망이 있을 거예요. 모든 것을 글에 담는 것. 스무살에는 사물을 그런 식으로 느꼈으니까 말할 것도 없죠. 저는 말해야 할 모든 것들 앞에서 가난했어요. 글을 쓰는 순간 모든 것이 두려웠죠. 시간이 갈수록 모든 것을 말할 수 없다는 사실을 깨달아요. 선택이 중요한 거죠. 구해야 할 것을 선택하는 것이요.『세월』의 마지막에는 본 것들이 뒤죽박죽으로 만화경처럼 펼쳐지는데, 앙리 베르뇌유의 〈보통 사람들〉의 한 노파가 퐁투아즈 병원의 홀에서 연결되지 않는 상대에게 매일 같이 전화를 거는 장면이 있어요. 저 혼자 혹은 저와 동시대 사람들, 우리 모두가 봤던 장면의 흐름이죠. 동시대 사람들, 나이에 상관없이 저와, 우리와 같은 시대를 산 사람들이요.

철학자 클레망 로세는 이렇게 말했어요. «당신의 내면을 들여다보지 마세요. 아무것도 찾을 수 없을 겁니다.» 저는 글을 쓰면서 저의 내면을 보는 것 같진 않아요. 기억 속을 들여다보죠. 이 기억 속에서 사람들을 보고, 길을 봐요. 말을 듣고, 이 모든 것들은 저의 외부에 있죠. 저는 카메라일 뿐이에요. 그저 녹화를 하는 거죠. 글쓰기는 무언가를 만들기 위해서 기록되었던 것들을 찾으러 가는 데 있어요. 텍스트를 쓰는 거죠. 그러나 가끔 언제 어떻게 글이 끝이 났으며, 언제 어떻게 써진 것인지 스스로 물을 때가 있어요.

M.P.: 다른 사람에게 이해받을 수 있는 글인가요?

A.E.: 스스로 존재할 수 있는 글이요. 낯선 독자들이 책 안으로 들어갈 수 있는 글. 책 안으로 들어간다는 것은 진부한 생각이 아니에요. 책을 펼친다는 것, 그것은 정말 문을 밀고 들어가서 자신을 위해 어떤 일이 펼쳐지는 장소에 있게 되는 것이죠. 저는 독서를 그렇게 생각해요. 저에게 아무 일도 일어나지 않는다면, 저는 결국 책이 저를 데려가지 못한 그 장소를 금세 잊어버려요.

다만 말하고 싶은 것은 제가 어떻게 글의 끝에 이를 수 있었는지를 정확하게 알 수 없다는 거예요. 처음에는 책에 대한 지각과 비전이 있죠. 글을 쓰는 것은 실현하는 데, 다다르는 데에 있어요. 제가 이미 썼던 것들을 돌아보는 일은 드물죠. 이런 시각을 향해 나아가지만 가까이 다가가지는 않아요. 이르지는 못하죠. 그것은 항상 제 앞에 있으니까. 단지 어느 순간 책을 다 쓰고 나면, 더 이상 아무것도 덧붙일 것이 없어요. 저는 항상 책 한 권을 써내는 일이 기적 같다고 생각해요.

일기는 달라요. 일기를 쓰는 것은 나날들의 진술로 이뤄지죠. 작품을 구성하는 작업이 아니에요. 이 구성이 위대한 작가들을 특징짓는데, 당연히 프루스트가 그렇고, 플로베르와 그의 소설의 섬세한 구성이 그렇죠. 구성이란 세상과 겨루는 일이며, 체험한 시간 외에 다른 시간을 창조하는 것이에요. 글쓰기란 시간을 창조하는 일이죠. 독자들이 들어가게 될 시간이요. 그 일이 일어나는 곳은 조용해요. 그곳을 생각하면 정말 환상적이죠. 물론 다른 예술도 마찬가지라고 말할 수 있을 거예요.

M.P. : 글을 쓰지 않고 살 수 있으세요?

A.E. : 저는 머릿속에 글에 대한 계획이 없으면, 혹은 계획이 너무 모호하면 진짜 삶을 살지 못해요. 탐구의 시간이라고 하지만 진짜 삶은 아니죠. 진짜 삶은 제가 책 안에 있을 때, 그것을 끝내리라는 것을 알고 있을 때예요. 그때는 정말 사는 것 같아요. 잘 사는 것 같죠. 잘 산다는 것은 머릿속에 늘 책을 생각하면서 사는 거예

요. 모든 게 책과 연관되어 있죠. 책을 쓰는 것과 현실 세계와의 지속적인 관계요. 사실상 저에게는 그 둘 사이에 있는 모든 것들이, 글을 쓰기 위한 기다림이죠.

『세월』같은 책은 문자 그대로 저를 사로잡았어요. 그러니까 몇 년 동안 글에 갇혀 버렸죠. 그렇지만 제약의 느낌은 전혀 아니었어요. 오히려 반대로 이 영향력이 강력한 감각을 나오게 했죠. 제가 있어야만 하는 장소에 있었던 거예요. 책이 끝나지 않는 한 항상 바꾸고 고칠 것이 있으며, 이르러야 할 일종의 완벽한 상태가 있어요. 그것에 이르는 것이 숙제이죠. 이 숙제는 어디서 나오는 것이냐고요? 저도 몰라요.

어떤 때는 어쩌면 죽는 순간에 글 때문에 인생의 모든 것을 놓쳤다고 생각할지도 모른다고 스스로 말하기도 해요. 글이 제 인생에 너무 큰 부분을 차지했고, 어떤 단순한 욕망들이 불가능했죠. 단순한 욕망들이 존재하는지는 모르겠지만 제가 하지 못했던 어떤 것들을 할 수 있었을지도 모르죠. 사회생활에서, 타인들과 함께하는 삶에서. 저는 고립을 추구했어요. 잘 모르겠네요.

M.P. : 그렇다면 글쓰기란, 가장 큰 행복이자 가장 큰

불행인가요?

A.E. : 저는 글쓰기를 행복 혹은 불행이란 말로 정의할 수 없다고 생각해요. 아마도 절망과 만족감의 교대일 수 있겠지요. 원고를 끝내고 나면 이렇게 생각하죠 : 자, 해치웠어! 저는 진정한 임무 수행이라는 가장 강력한 의미에서 이 평범한 표현을 사용해요. 윤곽이 뚜렷하지 않은 일이 제 앞에 있었고, 저는 그것을 향해 갔으며, 용감하게 덤벼들어서 잡았고, 마침내 완성했어요. 거기 하나의 완성품, 글이 있죠. 그 글이 살아남든 아니든, 그것은 독자들에게 달린 것이고요. 정신분석학과 가장 큰 차이는 — 사람들이 자주 «당신이 쓰는 것은 정신분석학의 한 형태가 아닌가요?»라고 말하기 때문에 일부러 이야기하는 거예요 — 털어놓는 말이 아니라 실질적인 작업, 하나의 대상을 구상하는 것이라는 점이죠. 7년 동안 정신분석을 했을 때, 결국 당신은 무엇을 얻게 됐나요? 무엇을 실현하게 됐죠? 어쩌면 조금 나아졌겠죠, 아주 좋아졌을 수도 있고요. 당신에 관해 많은 것들을 이해하게 됐고, 휘파람을 불며 거리로 나갈 수도 있겠죠. 당신의 불편함이 이것 혹은 저것에서 나왔다는 것을 이해하게 됐고요. 그것은 오직 당신

만의 일이에요. 그런데 책을 쓰면서 7년을 보내고 그것
을 마친다면, 자신 외부의 세상에 정말로 존재하는 무
엇인가가 있는 거예요. 저에게는 제가 집을 지은 것과
같은 거죠. 자기 자신의 인생에서 그렇듯이, 누군가 들
어갈 수 있는 집이요.

　정신분석을 받은 사람이 그에게 일어난 일을 저에
게 설명한다면, 저는 그를 이해할 수 있지만 그것은 글
이나 책과는 나누는 방식이 달라요. 바로 이행이죠. 가
능한 나누는 것. 글은 때때로 가장 끔찍한 고통의 장소
이지만 또 자유의 장소이기도 해요. 어떤 것들을 쓰거
나 쓰지 않을 수 있으니까. 글쓰기에 가끔씩 정신분석
학과 비슷할 수 있는 탐구 과정이 있다는 것을 인정하
긴 하지만, 이 두 방식을 어떻게 헷갈릴 수 있는지는 이
해할 수 없어요. 글쓰기에서 제가 좋아하는 것은 바로
행위이죠. 글쓰기는 저에게 고해가 아니에요. 고해와는
전혀 상관없죠. 고해도 아니고, 회개도 아닌, 구상이며
구성이죠.

　저는 곧잘 두 개의 면을 살고 있는 듯한 느낌을 자
주 받아요. 저는 일상을 살죠. 가정에서, 사회에서 의무

를 다하고, 오랫동안 직업인으로서 의무를 다했어요. 2000년까지는 교편을 잡았으니까, 그러나 거리를 두는 태도로요. 또 다른 삶은 써야 할 책 혹은 쓰고 있는 책의 글쓰기예요. 일상의 삶이 저에게 너무 많은 것을 요구하면, 갑작스러운 일들 — 개수대가 막히는 문제나 관청의 서류 문제 같은 실질적인 것들 — 혹은 작가라는 위치에 관련된, 예를 들면 서명 같은 직무들을 요청하면 해야 할 일을 위반한 듯한 기분이 들어요. 이 모든 것들을 무시해야 한다고, 사회적인 의무라고 하는 모든 것들을 포기해야 한다고 스스로에게 말하지만 그게 잘 되지 않고 그러면 마음이 불편해지죠. 그럴 때면 저는 어느 곳에도 있지 않아요. 글쓰기 안에도, 저에게 요구되는 것들 속에도. 그리고 받아들이죠. 무엇을 위하여 어떤 것을 받아들이냐고요? 아마도 미개인이 되지 않고자 하는 욕망이겠죠. 야만적으로 살지 않는 것이요. 오직 글만 쓴다면 광기에 이를 수 있다고 항상 생각해 왔어요. 한 문장만을 생각하면서 세상과 단절한 채로 하루를 보내는 일은 너무 쉽지만, 그것은 글쓰기 자체를 위해서도 좋지 않아요.

　결국 교사라는 직업을 유지하고 젊은이들과 교류하

는 의무를 이행하며 살았던 것을 행운이라 여기고 있
어요. 자식을 낳은 것도 마찬가지고요. 제가 방해라고
생각했던 것들이 글쓰기에 도움이 되는 현실을 경험할
수 있게 해줬고, 분명 지금도 계속해서 경험하게 해주
고 있죠. 그렇지만 언제나 삶과 글쓰기 사이에는 일상
의 투쟁이 있어요.

　글을 쓰기 전에 약간의 청소를 하거나 급한 것 같은
편지를 쓰는 일을 좋아하지만 제가 하는 모든 일들은
전적으로 인위적인 것이에요. 접시를 닦고 세탁물을
정리하고 메일을 확인하고, 그러나 이 모든 것은 유예
에 불과하죠. 제가 하고 있는 일을 제대로 즐기지 못한
채 사는 거예요. 글을 쓰기 시작하면 시간은, 시계 속의
시간은 더 이상 존재하지 않아요. 시계를 절대 보지 않
죠. 손목시계를 풀고 그것을 제 눈에 띄지 않는 곳에 둬
요. 그 상태가, 저는 항상 그것이 유일하게 진짜 같아요.
3시간 후에 별로 한 게 없다는 느낌으로 매우 불행해질
지라도 중요한 것은 그 몰입 상태에 머무는 것이죠.
　저는 이런 것들에 관해서 이야기하는 것이 몹시 개
인적인 일인 것 같아서 좋아하지 않아요. 비난을 받을

수 있다는 생각까지 하고 있고요. 관용 없는 태도이죠.
사회적 죽음에 해당하는… 다른 세상을 만들기 위해
세상을 거부하는 일이고요.

M.P. : 결국 당신의 말처럼, 작가가 된다는 것은 하나
의 상태가 되는 것이네요. 당신이 하루에 한 시간 글을
써도 24시간 내내 작가라는 말씀이신 건가요?

A.E. : 작가가 된다는 것이 무엇인지 잘 모르겠어요.
저는 저 자신을 작가라고 «생각»하지 않아요. 일상에서
그냥 사람으로 보이는 것이 더 좋죠. 특별한 지칭 없는
그냥 사람이요. 알려진다는 것은, 이러이러한 책을 쓴
여성으로 알아보고 슈퍼마켓이나 혹은 다른 곳에서 사
람들이 다가온다는 의미에서 저를 굉장히 혼란스럽게
하고 불편하게 해요. 그러나 글을 쓴다는 것이 무엇인
지는 알죠. 그것은 하나의 상태예요. 의식의 상태, 이전
처럼 생각할 수 없게 만드는 특별한 상태이죠. 가끔은
스스로에게 물어요. 내가 전에는 어땠었지? 이 의무감
이, 이 욕망이 없었을 때는? 그런데 그게 언제일까요?
스무살 때부터 이 욕망을 가지고 살았는데. 이 욕망을
죽인 적도 있었죠.『얼어붙은 여자』를 쓰고 난 후처럼,

더는 글을 쓰고 싶지 않다고 생각한 적도 있었어요. 이제 그런 생각은 절대 하지 않아요. 어쩌면 그게 더 나쁜 것인지도 모르겠네요.

어린 나이에 프루스트, 카프카, 버지니아 울프를 읽었을 때, 글을 쓰는 것에 대한 그들의 고통에 동화됐었죠. 저에게 중요한 것은 책을 내는 게 아니라, 글 그 자체뿐이었어요. 글을 쓰기 시작한 이후부터 지금까지 저는 작가들의 일기와 글쓰기에 대한 그들의 질문에 관심을 갖고 있어요. 저는 독자들이 일상에서 나타나는 글쓰기의 제약과 그것이 야기하는 모든 문제 제기들을 아는 것에 특별히 흥미를 느끼지 않을 것이라고 늘 생각해 왔어요. 글쓰기란 매우 개인적인 일이죠. 저는 항상 제가 쓰는 것을 숨겼어요. 쓰고 있는 글을 누구에게도 보여 준 적이 없죠. 탈고를 한 후에는 초고를 없애 버리던 시절도 있었어요. 처음 세 권의 책과 초고의 일부만을 간직한『남자의 자리』가 그렇죠. 원고를 타자기로 치던 시절에는 최종 원고만이 중요했어요. 작업의 흔적, 고통의 흔적을 지웠어요. 지금은 그것들을 간직하지만 여전히 글쓰기의 고통을 노출하는 것을 좋아하진 않아요. 어쩌면 그 안에 저속한 무엇인가가 있기 때문일까요? 글을 쓴다는 것, 출판이 된다는 것은 커다란 행운이죠. 우리가 겪은 것의 무언가를, 한 인생을 관통한 것의 무언가를 할 수 있다는 큰 행운이에요. 글을 쓰는 고통이 — 선택한 일 — 많은 사람들의 고통 — 어쩔 수 없이 겪게 되는 일 — 과 같은 유이며 그만큼 커다랗다고 여긴다면, 그것은 오만일 거예요. 사람들의 고통에 비하면 아무것도 아니에요. 일반적으로 지식인이 된다는 것, 육체적인 고통, 노동으로 인해 변형된 몸을 모른다는 것은 큰 행운이죠.

M.P. : 그렇지만 그 커다란 행운을 당신은 죄책감으로 느끼는 것 같아요. 결국 유대교적인 생각이 아닌가요?

A.E. : 제가 말씀드린 것을 일종의 죄책감으로 — 유대교적이거나 아니거나 — 보실 수도 있을 거예요. 사실상 제가 죄책감을 느낀다면, 그것은 오히려 글을 쓰지 않을 때죠. 글로 써야만 한다고 느끼는 것을 쓰지 않을 때예요. 저는 오랫동안 저의 사회적인 상처와 아버지에 대해, 낙태에 대해, 20세기 후반을 살아온 여성의

삶의 여정에 대해 쓰지 않는다는 것에 죄책감을 느꼈어요. 정면으로 쓰지 않는다는 것에 대해서요. 죄책감, 네, 그렇지만 그것은 글을 쓰기 전이죠. 그 후에는 『빈 옷장』, 『남자의 자리』, 『사건』 등등을 쓰고 난 후에는, 그런 결과를 가져온 저의 행운, 제 책을 써냈다는 행운에 대한 인식을 하게 됐어요.

그러나 그 안에 유대교적인 무엇인가가 없다고 어떻게 확신하느냐는… 저는 25살 이전에 경험했던 모든 것들이 지워지지 않는 흔적을 남긴다고 생각해요. 가톨릭교는 제 젊은 시절의 유해였죠. 18살 때까지 종교교육을 받았고, 어머니는 독실한 신자이셨으니까. 어머니는 매일 아침마다 미사를 드리러 가는 것에서만 그치지 않으셨어요. 약한 사람들과 가난한 사람들에게 후한 인심을 쓰셨죠. 베푸는 것, 어머니는 베푸는 것을 좋아하셨어요.

M.P. : 당신도 어떤 면에서는 그렇지 않나요? 책에서, 당신의 책에서.

A.E. : 저 역시 글쓰기가 조금은 기부 같다고 여기는 것 같아요. 그렇지만 무엇을 주는지는 알지 못해요. 그

건 모르죠. 우리가 주는 것에서 다른 사람들이 무엇을
가져가는지도 모르고요. 또 그들이 거부할 수도 있죠.

ANNIE ERNAUX

entretiens avec Michelle Porte

LE PASSAGE DU TEMPS

시간의 흐름

M.P. : 아니, 당신은 『세월』에서 한 여성의 개인적인 삶과 당신의 삶 그리고 시대, 종전에서 현재까지의 변화를 엮는 것에 성공하셨어요.

A.E. : 40세 즈음에 제 인생을 생각하면서 전 세계와 프랑스에서 전쟁 후부터 1980년 사이에 일어났던 변화들을 놀라워하며 지각하기 시작했어요. 특히 여성들에게 일어났던 변화들을요. 제가 써야 했던 책은 바로 그것, 저의 내부와 저의 외부에서의 시간의 흐름에 대한 것이었죠. 처음에는 35년에 거친 변화였지만, 제가 글을 쓰는 데 걸리는 시간도 있었기에 그만큼 서술하는 시간이 늘어나게 됐죠. 제가 제대로 시작했을 때는, 50년이 넘는 프랑스인의 삶을 돌아봐야 했어요. 저를 중심으로 둔 기억이 아니라, 시대에 대한 저의 기억을 가지고요. 사람은 자기 혼자만을 기억하지는 않으니까. 우리는 상황 속에, 어떤 환경 속에 있는 자신을 기억하죠. 사람들, 노래들, 물건들과 함께 시간이 지나간 흔적

이 남은 장면들 속에서 자신을 기억해요. 저는 전쟁 이후부터 오늘날까지, 제가 의식하게 된 순간부터 일어났던 모든 일들을 구하지 않는다면 제 인생의 무엇인가를 구원할 수 없다고 생각했어요 — 전체를 붙들 수는 없죠 — 여기서 오늘은 결국 2007년, 제가 책을 끝냈던 해를 말하죠.

관건은 50년 동안 제 세대의 남자들과 여자들을 놀라운 방식으로 뒤흔들었던 이 변화를 제대로 파악하는 것이었어요. 1950년대 초의 생활방식은 제 부모님, 제 조부모님의 생활방식과도 비슷해요. 어떤 면에서 우리는 여전히 전쟁 전을 살았죠. 도시, 집안 내부를 비교하자면, 1950년대와 2000년대를 비교했을 때가 1850년대와 1950년대를 비교했을 때보다 확실히 차이가 더 커요. 변화는 사물에만 있는 것이 아니라 생각하는 방식, 언어에도 있죠. 미래를 보는 시각조차 달라졌어요.

역사적인 관점에서는, 사건들에 대해 역사의 흐름에 휩쓸려 온 평범한 사람으로서 가질 수 있었던 의식 안에서만 입장을 취했어요. 드골, 미테랑 시대에 대한 지각이든 혹은 68년 5월 혁명이든 역사학자의 기억은 전혀 아니었죠. 개인의 기억 속에서 공동의 기억을 되찾은 거예요. 우리 안에서 절대로 멈추지 않는 역사의 흐름을 그렸고요. 2007년에 책을 끝냈을 때, 단지 글쓰기의 한 과정이 멈췄을 뿐이고 세상은 계속 돌아간다는 사실을 인식하게 됐죠. 거기서 책을 떠나는 일종의 슬픔 같은 것을 느꼈고요. 속편을 만들고 싶지는 않았어요. 책은 닫혀 버린 총체이죠. 계속되지 않아요.

『세월』에서는 개인들과 — «그녀», «우리» — 사회 사이에 일종의 지속적인 전환이 있어요. 제가 확신하는 한 가지가 있다면, 우리는 서로 언어를 통해 다소 소통하는 고독한 존재들이 아니라는 것이죠. 어떻든 간에 타인들은 항상 우리 안에 있어요. 예를 들면 받아온 교육을 통해서, 또 나이에 상관없이 한 시대에 통용되는, 우리에게 스며든 모든 것들을 통해서. 제가 10살이었을 때, 타인들의 과거, 특히 39년에서 45년 사이의 전쟁은 제가 들었던 이야기들을 통해 실제로 기억 속에 간직하는 폭격 장면과 폐허들만큼이나 제 안에 생생하게 존재했죠. 20세기 초 사람들의 삶, 인민 전선, 이 모든 것들을 한 번도 본 적이 없지만, 그 이야기들이 저에게 이전 시간들에 대한 상상의 기억을 제공해 줬어요.

그것은 느낀 시간이자, 1950년에서 2000년까지『세월』의 소재인 여성의 기억 속에 투영된 세상의 상(像)이죠. 끊어짐 없이 흐르는 이야기 속에서 시간도 기억도 절대 멈추지 않으니까. 바로 이 흐름이 저를, 모든 것이 느리고 침묵이 지배하며 차도 티브이도 거의 없는 1950년대를 시작으로 단절 없이 — 완전한 단절은 절대 없었으니까, 68년조차도 — 지금 우리가 사는 이 시대, 모두가 누릴 수 없고, 그런 것은 어림도 없는 일이지만, 우리들의 삶의 배경인 소비와 풍족의 시대까지 말하도록 이끌었어요.

또한 제가 중요하다고 여겼던 것은 미래에 대한 상징의 변화, 일반적으로 우리가 생각하는 이미지의 변화를 포착하는 것이었죠. 1950년에서 1960년 사이, 젊은 이들은 미래를 구현하고, 그들의 존재 자체에 미래의 이미지를 지니고 있었어요. 그러다가 점차적으로 열의와 호기심, 미래의 세대를 상징하는 그 희망이 지워졌죠. 그리고 그 뒤를 이은 것은 전반적인 노후화, 위축, 그리고 끊임없이 악화됐던 타인에 대한 매우 강력한 두려움이었죠. 외부인에 대한 두려움이요. 역사책 혹은 티브이가 다큐드라마와 10년 된 도표로 우리에게 소개

하는 시간은 개인들의 것이 아니에요. 전혀 아니죠. 우리는 늘 많든 적든 시대와 어긋나 있으며, 저는 어떻게 당대의 시대에 완전히 속해 있으면서도 지배적인 의견과 다르게 생각할 수 있을까, 그것 역시 보여주고 싶었어요.『세월』을 형언할 수 있는 형용사의 부재는 이 세월을 정의할 수 없다는 것, 정의가 불가능하다는 것을 의미해요. 오직 앞으로 나아가고, 나이를 먹으며 다시 사라지는 존재들만이 있을 뿐이죠. 나의 존재 그리고 타인들의 존재요.

저는 역사책도 회고록도 쓰고 싶지 않았어요. 그러나 과거를 그것이 현실이었을 때처럼 표현하고 싶었고, 다시 말해서 오직 감각만을 그리고 싶었죠. 그러니까 68년 혁명이 있기 한 달 전, 당연히 아무것도 느끼지 못했던 시절에 우리가 느꼈던 것들이요. 이 아무것도 아님조차도 중요해요. 저는『세월』을 연속되는 현재의 감각들의 기억으로 썼고, 사실상 이 책은 감각의 기억만으로 만들어졌죠.

M.P. :『세월』을 읽으면서 세상이 변하는 속도, 옛날에는 별로 없었던 것들이 이제는 넘치게 됐다는 것을

깨닫게 되더군요.

A.E. : 1960년대까지 사람들은 모든 것의 상대적 희소성 속에 살았어요. 음식, 옷, 물건들. 버리는 것이 없었죠. 빵도 구멍 난 양말도 재활용했고 스타킹은 꿰매 신었어요. 모든 것이 《쓸모가 있었죠》. 삶의 선택, 도덕적 선택에도 희소성이 있었어요. 제가 어렸을 때는 좁은 세상에서 사는 기분이었죠. 언어가 다양하지 않았어요. 종교의 언어, 학교의 언어, 라디오의 언어가 있었죠. 1970년대부터 모든 것이 터져 나왔어요. 우리는 가치 혼란이 동반되는 과잉에 이르게 됐죠. 그러니까 사물에, 행동에 의미를 두는 것이 어려워진 거예요. 그렇다고 염세적인 그림을 그리는 게 저의 계획은 아니었어요. 개인적으로 저는 이러한 변화가 슬프지 않거든요. 제가 상상할 수 없는 게 한 가지 있다면, 그것은 바로 과거로 돌아가는 거예요. 분명 『세월』의 마지막 몇 장은 노래하는 미래를 예고하지는 않아요. 그런데 이것조차도, 이 《노래하는 미래》라는 표현 역시 과거에 속하죠.

아시겠지만, 우리는 단어로밖에 생각할 수 없어요.

---

i 폴 바이앙 꾸뛰르에가 쓴 '젊음'에 등장한 표현으로 밝은 미래를 뜻하며, 오래된 표현으로 현재는 잘 쓰지 않기 때문에 과거에 속한다고 말한 것으로 보인다.

그리고 지금의 세상을 떠올리게 하는 단어들을 저는 좋아하지 않아요. 그것은 소비의 단어, 자본주의의 단어예요. 프랑스 사회에 새로 등장한 이들을 배제하면서 배척하는 단어이기도 하죠. 우리는 낙후된 주거단지, 동네, 그리고 취약한 구역을 말해요. 그것은 구분 짓는 단어들이죠. 우리가 대화를 나누고 있는 지금, 네, 제가 일반적인 사고방식의 변화를 걱정하고 있는 것은 사실이에요. 의식, 언어로의 침투, 일종의… 자, 제가 늘 기피하는 그 말을 내뱉어 보죠. 정체성, 프랑스의 정체성 안에 갇히는 양상이요. 저는 정체성이 무엇을 의미하는지 몰라요. 프랑스어는 알죠. 프랑스인들의 기억도 알고요. 우리는 같은 것을 지나왔으니까. 그러나 프랑스의 정체성은 알지 못해요.

지난 20년 동안 사회적 불공정함, 생활방식의 구별, 젊은이들 사이의 희망의 차이가 커진 것은 확실해요. 젊은이들은 이 세 번째 밀레니엄의 시작의 가장 큰 희생양들이죠. 그들은 그것을 충분히 알지 못해요. 우리는 노인들에 대해서만 이야기하죠. 나이가 드는 과정의 마지막, 그렇다면 그 시작은요? 그게 가장 중요하지 않나요? 교육, 학업, 먹고 살기만을 위해서 — 그것조차도 더는 확실하지 않은 ― 가 아닌, 직업을 가지고 세상에 뛰어들 수 있는 가능성, 이 모든 것들이 문제죠. 청춘에, 청춘을 위한 희망이 부족해요. 68년 이후, 1970년대, 희망은 두렵게 만들었어요. 드골파 정부를 두렵게 만들었고, 슬픈 기억 속의 내무부 장관 마르셀랭을 두렵게 만들었죠. 적어도 그것은 희망이 존재한다는 것을 보여 주죠. 지금은 마치 어떤 면에서는 희망이 존재하지 않는 듯해요. 희망의 자리가 없는 것 같고요.

요즘 중학교에서는 안전이 우선이죠. 부활시켜야 할 권위, 유산의 계승, 목표로 삼아야 하는 성공의 기준이 마치 도시 중심가의 고등학교에 다니는 일부의 청소년인 것처럼 우수함을 말해요. 서민층 아이들이 교육과정 밖으로 점차 도태되는 일이 계속되고 있죠. 결국 우리는 아무것도 하지 않고 유감스럽게 생각할 뿐이에요.

지난해, 세르지 고등학교의 1학년 과학경제와 사회과학반 수업에 갔었죠. 여러 인종이 섞여 있는 반이었어요. 놀라웠던 것은 배우고자 하는 젊은이들의 열망과 열정이었죠. 그들은 적절한 질문을 했고, 이어서 여기서 지금 «본 것들»에 대해 매우 흥미로운 글을 썼죠.

1학년까지 올라온 학생들은 제가 그랬던 것처럼, 이미 사회적 탈주자들이에요. 그렇지만 그들의 여정은 제가 겪었던 것보다 더 어렵겠죠. 바칼로레아를 통과하고 나와서 어쩌면 다른 공부를 시작할 거예요. 그리고 그 끝에는 어떤 일을 하게 될까요? 이민가정 출신의 아이들에 대한 암묵적인 차별이 실질적으로 존재해요. 1950년대와 1960년대에는 농부와 노동자 혹은 소상공의 자식들은 공부를 통해 성공했죠. 외국인 부모를 둔 아이들은 그것이 어려웠는데 지금도 마찬가지예요. 이미 오래전부터 학교는 더 이상 정치적인 당면 과제가 아니죠.

ANNIE ERNAUX

entretiens avec Michelle Porte

LE VRAI LIEU

진정한 장소

M.P. : 당신의 말을 듣다 보면, 오늘날의 세상을 보는 당신의 시각이 염세주의적인지 낙관주의적인지 모르겠네요…

A.E. : 낙관주의, 염세주의 같은 표현은 여론조사에나 쓰이는 말이죠. 제 눈에는 내용이 없어 보여요. 유일한 문제는 «우리가 무엇을 하느냐?»에요. 물론 우리는 받아들이거나 그저 세상을 즐길 수도 있죠. 그것은 탐미주의적인 입장이에요. 우리의 작은 행복, 세상에 우리의 작은 굴을 만드는 것, 그것도 환영할 일이죠. 당연히 그렇게 아주 잘 살 수도 있어요. 그렇지만 저는 그러고 싶지 않아요. 제가 좋아하는 사람들도 그렇게 살지 않았으면 하고요. 그보다는 스스로에게 물었으면 해요. 절대로 무(無)에서 시작하는 게 아니라는 것을, 극단적인 단절에 대한 생각은 끝내야 한다는 것을 잘 인지하면서, 우리가 무엇을 바꿀 수 있는지를.

M.P. : 실행 가능한 것이 무엇이 있다고 보세요?

A.E. : 저의 경우는, 사실 글쓰기 말고 다른 것은 생각 나지 않네요. 저는 항상 글을 쓰는 것이 세상에 개입하는 일이라고 느꼈거든요. 그러나 어떻게? 분명 투쟁하는 에세이로는 아닐 거예요. 저는 오히려 저에게 깊게 영향을 미친 상황에서부터 출발해야 한다고 생각해요. 칼을 가지고 있는 것처럼 — 항상 이 이미지가 떠올라 요 — 상처를 파고 넓혀서 저의 밖으로 꺼내는 거죠. 저는 저의 글쓰기 방식이 자전적 소설에 동일시되는 것을 항상 거부해 왔어요. 자전적 소설이라는 표현 자체에도 자기 자신 안에 갇히는, 세상에 대해 무감각해지는 무엇인가가 있으니까요. 저는 책이 개인적인 것이 되기를 절대 원한 적이 없었죠. 어떤 일들이 저에게 일어났기 때문에 쓴 게 아니에요. 그 일들이 일어났다는 것은 그러니까 저에게만 일어난 일이 아닌 거죠.『부끄러움』과『남자의 자리』,『단순한 열정』에서 제가 포착하고 싶었던 것은 경험의 특수성이 아닌, 그것의 형언할 수 없는 보편성이었어요. 말로 표현할 수 없는 것이 글이 되면, 그것은 정치적이죠. 물론 우리는 개인적인 체험을 하며 살아요. 누구도 당신을 대신해서 그 체험

들을 할 수는 없죠. 그러나 그 체험들이 당신의 것에서만 머무는 방식으로 글을 써서는 안 돼요. 개인적인 것들을 넘어서야 하죠. 그래요. 그것이 스스로에게 질문을 던지게 하고 다르게 살게 하며, 또한 행복하게 해주죠. 문학으로 행복해질 수 있어요.

이렇게 말하고 있지만, 저는 제 책들이 어떤 영향을 미치는지 전혀 몰라요. 그러나 쓸모가 있다고 생각하지 않으면 글을 쓸 수 없죠.

세상을 바꾸기 위해서 개입하는 것은 그것이 아주 작은 변화라고 할지라도, 할 말, «주제»의 문제만은 아니죠 ― 그렇지만 물론 그것도 포함되기는 해요. RER의 승객들에 대해 쓰기로 선택한 것은 룩셈부르크 정원의 산책자들에 대해 쓰는 것과는 의미가 다르니까. 그것은 형태의 문제예요.『빈 옷장』을 쓰기 시작하면서 바로 알았죠. 그 글쓰기는 교육과 수치심을 통해 드니즈라는 화자에게 행사되는 보이지 않는, 긴 폭력성을 지녀야 했어요. 언어의 폭력성이 이 은근한 문화 지배의 폭력성에 대한 답이어야 했죠. 저에게 세상에 개입한다는 것은 바로 그 순간, 원어의 힘과 «천박함»을 되찾으면서 사회적 배경 사이의 구분을 드러내는 것이었죠.

　『남자의 자리』의 형식을 찾는 데는 시간이 더 걸렸어요. 사실상『빈 옷장』처럼 드러나진 않지만 억제되었을 뿐, 그것만큼이나 효력을 발휘하고 있는 폭력성을 지닌, 사실을 바탕으로 한 글쓰기였죠. 저는 글쓰기란 해설 없이 사실을 보여주기만 하면 된다고 생각해요. 아버지에 대한 이 글을 썼을 때, 〈길〉[i]을 다시 보면서, 그 무엇보다 한 번도 말하지 않고 이토록 많은 감정들을 일으키는 이 허물 벗기에 도달하기를 바랐어요.

　움직이게 하는 것, 다르게 보게 만드는 것은 형식이죠. 이전의 형식, 미리 설정된 형식으로는 다르게 볼 수 없어요. 1950년대와 1960년대 사이에는 공산주의에 영향을 받은 현실주의 문학이 있었죠 — 예를 들자면 앙드레 스틸 — 전혀 멋을 부리지 않은, 어떤 영향력을 미치는 것을 스스로 금지한 문학이요.『잃어버린 시간을 찾아서』의 마지막에 프루스트는, 샤르댕에 관하여 엘스티르처럼[ii], «우리는 우리가 사랑하는 것을 단념할 때만

---

i　La strada, 페데리코 펠리니 감독.

ii　엘스티르는 잃어버린 시간을 찾아서, '게르망트 쪽'에서 등장하는 화가로 프루스트가 좋아했던 화가 샤르댕을 모델로 한다. 이 소설에서 엘스티르와 주인공 마르셀의 관계는 실존 화가였던 샤르댕과 프루스트의 관계를 그대로 옮겨 놓은 것이라고도 한다. 아니 에르노의 인터뷰 속 이 말은 잃어버린 시간을 찾아서 마

그것을 다시 만들 수 있다»고 썼죠. 우리는 우리가 존경하는 작가들과 다르게 써야만 해요.

분명히 자신 안에서, 자신의 독창성 안에서 발견하게 돼요. 그리고 문학의 과거를 계승하면서 전통을 바꾸는 거죠. 저는 기존의 것들과 완전히 단절하지 않아야 한다는 것을 인식하고 있어요. 그러한 것은 존재하지 않죠. 저는 문학의 역사의 상속자이죠. 1960년대에 글을 쓰기 시작하면서 누보로망의 영향권에 들어갔어요. 1970년대에는 실질적으로 여성 운동권에 속하지는 않았지만 여성 운동이 저 자신에 대한 글쓰기의 원동력과 격려가 됐어요. 글쓰기는 기적적으로 타인으로부터 분리되는 활동이 아니에요. 글을 쓸 때는 완전히 혼자이지만, 반드시 시대와 글을 쓰는 다른 사람들과 연결이 되어 있죠. 그러나 글을 쓸수록 타인들의 글에 둘러싸이는 것은 더욱 멈추게 돼요.

이제는 같은 구멍을 파고 있는 느낌이에요. 제 책들은 모두 다르지만 하나로 모으는 무엇인가가 있죠. 그

___

지막 편의 '엘스티르처럼, 샤르댕처럼 우리는 우리가 사랑하는 것을 단념할 때만, 그것을 다시 만들 수 있다'라는 구절을 인용한 것이다.

것들을 모으는 것이 무엇인지, 제 책들이 무엇인지를 아는 데 제가 더 유리한 위치에 있는 것은 아니에요. 책에 대해 말하는 것도 마찬가지고요! 언젠가 프라하에서 열린 컨퍼런스가 끝날 때 즈음에 저를 초대했던 문화 고문관의 발언에 놀란 적이 있어요. 그는 «그녀는 자신의 책에 대해 전혀 말할 줄 모르는군요»라고 말했죠. 분명 그의 말이 옳았을 거예요. 책에 대해 말하는 것이 저에게는 어려워요. 특히 호의적으로 만드는 것은 더 어렵죠. 글쓰기가 무엇인지를 말하는 것은 조금 더 잘할 수 있어요. 만약 누군가가 저를 최후의 참호로 본다면, 그래도 스스로 존재하고 있다는 것을 가장 잘 느끼는 곳은 역시 거기이니까. 저만의 진정한 장소이죠.

우리에게는 여전히
'왜'를 묻는 사람들이 필요하다

신유진

얼마 전 『르몽드』에서 아니 에르노의 기사를 봤다. 요즘 들어 부쩍 아니 에르노의 이름을 미디어를 통해 자주 듣고 보게 된다. 맨부커 인터내셔널상 최종 후보에 이름을 올린 탓이리라 생각되지만, 그녀는 수상 가능성에 대한 언급 없이 그저 '노란 조끼'에 대한 자신의 견해를 차분하게 전할 뿐이다. 아니 에르노의 문학처럼 그 역시 아니 에르노답다.

그녀는 여전히 세르지에 살고 오샹(대형 마트)에 장을 보러 다니며, 슈퍼에서 누군가 자신을 알아보는 것이 불편하다고 말한다. 기사를 읽으며 아니 에르노의 장바구니에는 무엇이 담겨 있을까 상상해 봤다. 장바구니 안의 소비뇽 화이트 와인이나 킨더 초콜릿, 로레알 샴푸조차도 작품이 될 수 있는 작가이니… (실제로 아니 에르노는 대형 슈퍼마켓의 소비문화에 대한 자신의 시각과 경험을 담은 '빛을 봐요, 내 사랑'이라는 작품을 출간했다.) 그렇게 나는 아무 거리낌 없이, 책상에 앉아 아니 에르노의 내밀한 삶을 읽는다. 카페 겸 식료품점에서 보낸 유년기, 첫 경험과 불법 낙태 수술, 교사 시절, 작가가 된 이후의 생활, 어머니의 치매, 유방암 투병기, 어릴 때 죽은 언니, 슈퍼마켓, 몇 명의 애인들, 글로 옮겨진 타인의 삶. 그러나 책으로 쓰여진 삶은 더 이상 작가 개인의 것이 아니다. 나는 자꾸만 글자를 타고 넘어와 내 몫이 되어 버리는 그 삶이 때로는 피부가 아프게 뜨겁고, 때로는 뼈가 시리게 차갑다. 내게 아니 에르노의 글은 언제나 몸이 먼저 반응하는 감각의 세계다.

이번에는 인터뷰집이다. 글로 표현된 작가의 생각이 어느 정도 자기 검열을 거쳐 전달된 것이라면 말로 표현된 작가의 생각은 조금 더 날 것일 수밖에 없다. 즉흥성이 반드시 솔직함과 연결된다고 볼 수는 없지만, 자신도 모르는 감각, 숨어 있던 단어, 결과적으로 낯선 무언가를 깨울 수 있다고는 생각한다. 그 미지의 무엇인가가 깨어나는 것을 두려워함과 동시에 기대하고 있는 작가의 마음이 잘 드러나는 것이 이 책의 서문이 아닐까. 독자로서는 흥미로울 수밖에 없는 불편함, 그리고 불안함이 반갑다. 나는 정치가의 확신에 찬 목소리보다 조금은 불안하게 떨리는 아니 에르노의 목소리를 더 신뢰하니까. 긴장감이 역력히 드러나는 아니 에르노의 표정을 상상한다. 그렇게 또 한 번 아니 에르노의 삶을, 아니 에르노를 읽는다.

그녀가 글을 쓰는 장소에서 진행된 인터뷰다. 우리가 자란 혹은 사는 장소가 많든 적든 글이 뿌리를 내리고 있는 현실의 배경이 되어 준다는 전제가 아니 에르노만큼 잘 맞아떨어지는 작가도 없을 것이다. 그녀의 글은 부모님이 운영하셨던 카페 겸 식료품점이 있는 이브토에서 출발하여 작품이 탄생하는 세르지, 그녀의 집에서 잠시 마침표를 찍는다(그녀의 마침표는 한시적이다. 자신의 삶을 쓰는 작가에게 마지막 문장이란 일반적인 소설의 그것과는 다른 것일 테니). 거기에는 장소에 따른 시간의 흐름, 과거와 현재가 공존하며, 그것은 미래의 암시이자 전조이나 결론은 아니다. 자신의 책의 주제가 '시간'이 아닐까, 라고 말하는 이 작가는 '시간'이라는 추상적인 개념을 '강바닥에서 꺼낸 돌'과 같은 구체적인 감각으로 환원하기 위해, 삶이 뿌리를 두고 있는 장소들을 글의 현실적 배경으로 두는 방식을 시작점으로 택한 것이 아닐까. 그러고 보면 흥미롭게도 이 인터뷰에서 아니 에르노는 자주 '시작'을 언급한다. 『빈 옷장』『남자의 자리』『세월』의 시작, 그렇게밖에 시작할 수 없었던 이유들, 거기 아니 에르노의 문학의 핵심이 있다.

그렇게 쓰일 수밖에 없는 이야기들, 1940년에 소상공인 부모 밑에서 태어나, 자신이 자란 환경과는 다른 세계의 고등 교육을 받았고, 프랑스의 격동기를 지나왔으며, 여성으로서 살아온 경험을 가지고 있는 작가가 쓸 수밖에 없는, 반드시 나올 수밖에 없는 글, 다시 말하자면 필연성.

사람들은 대부분 한 작가의 인터뷰집을 읽으며 '어떻게'라는 질문에 대한 답을 기대한다. 어떤 방식으로 주제를 찾으며, 어떤 스타일로 글을 쓰는지, 어떤 삶을 영위하고 있으며, 사회적인 현상들이나 문학계에서 일어나는 일에 대해서 어떻게 생각하는지. 그런 면에서 아니 에르노는 사람들이 원하는 답을 쉽게 건네주는 친절한 작가는 아닌 듯하다.

그녀는 '어떻게'를 묻는 말에 자꾸만 '왜'를 답한다.

왜 그녀의 글이 그렇게 쓰일 수밖에 없는지,

왜 세상은 여전히 피부색, 국적, 사는 곳, 경제적인 능력, 사회적인 위치에 따른 차이를 만들어 내는지,

왜 우리는 쓰고 읽고 생각해야 하는지.

굳이 묻지 않고 모른 척 그저 '행복하게' 사는 것도 하나의 삶의 방식이겠지만 자신만은 그러고 싶지 않다는 이 작가는 아주 오래전부터 계속해서 '왜'라는 질문을 스스로 던지고 그 답을 찾아가는 과정을 기록하고 있는 듯하다. 물론 그녀가 찾아내는 답들이 늘 정답은 아닐 것이다. 설사 모조리 틀린 답일지라도 그것은 중요하지 않다. 문학은 정답을 보여주는 답안지가 아니니까, 질문과 예시 정도가 적혀 있는 꽤 고난이도의 문제지일 뿐.

세상을 바꾸기 위해서는 이제 더 이상 '왜'가 아니라

'어떻게'라는 질문을 해야 한다지만, 우리에게는 여전히 '왜'를 묻는 사람들이 필요하다. 행동이나 실천 이전에, 마음을 움직이게 할 만한, 그래서 결과적으로 몸을 움직이게 만드는 '이해'의 과정이 필요하기 때문이다. 피상적인 이해가 아닌, 온몸의 감각으로 맞이하는 '이해', 그 '이해'를 깨우는 사람들, 그러니까 '왜'라는 질문을 가장 잘 던질 수 있는 사람들이 바로 작가들이 아닌지.

그런 면에서 나는 아니 에르노라는 작가를 신뢰한다. 그녀의 답변이 아니라, '왜'라는 질문에 답하는 방식을, 과정을, 자신만의 대답을 찾아가되 쉽사리 결론을 내리지 않는 자세를, 과거로 내려가는 계단을 밟을 때도 머리 위에는 미래가 있음을 확신하는 단호함을 나는 믿고 있다.

우리의 오늘이, 2019년이, 노란 조끼 시위와 페미니즘의 적극적인 담론화, 세상을 향한 평범한 시민들의 분노와 젊은이들의 무기력함과 패배감 등이 아니 에르노의 시각과 경험을 통해 어떻게 담기게 될지 궁금하다. 또 한 번의 세월이, 이 시간들이 아니 에르노만의 문학으로 탄생하지 않을까.

이른 아침 세르지의 서재에서 핸드폰을 끄고 전화 코드를 뽑고 아침을 먹지 않고 꼬박 네 시간 동안 글을 쓴다는, 그리고 그곳이 자신의 자리라고 말하는 이 작가와 동시대를 살고 있다는 것이 내게는 커다란 행운이다.

그녀의 작품을 옮기는 일만큼이나,

그녀의 다음 작품을 기다리는 일만큼이나.

옮긴이 **신유진**

파리의 오래된 극장을 돌아다니며 언어를 배웠다. 파리 8대학에서 연극을 전공
했다. 아니 에르노의 『세월』『진정한 장소』『사진의 용도』『빈 옷장』『남자의 자
리』, 에르베 기베르의 『연민의 기록』을 번역했고, 프랑스 근현대 산문집 『가만
히, 걷는다』를 엮고 옮겼다. 산문집 『창문 너머 어렴풋이』『몽카페』『열다섯 번의
낮』『열다섯 번의 밤』을 지었다.

진정한 장소
아니 에르노, 미셸 포르트

2판 2쇄 2022년 10월 15일

지은이	아니 에르노
옮긴이	신유진
펴낸이	신승엽
편집	신승엽
사진•디자인	신승엽

펴낸곳	1984Books (일구팔사북스)
주소	전북 익산시 창인동 1가 115-12
전자우편	1984books.on@gmail.com
대표전화	010.3099.5973
팩스	0303.3447.5973
SNS	www.instagram.com/livingin1984

ISBN	ISBN 979-11-90533-13-3 (03800)

1984BOOKS